Les mauvaises nouvelles

Nicola SIRKIS

Les mauvaises nouvelles

« Il fait beau, allons au cimetière ! »

Emmanuel Berl

LA CHAMBRE 9

Après avoir fermé les volets de bois et éteint la lumière, ils entrèrent tous les deux dans la salle de bains à carreaux noirs et blancs.

Il ouvrit le robinet d'eau chaude de la vieille baignoire et laissa couler l'eau, tout doucement. Puis ils s'installèrent devant le miroir, silencieusement, selon le rituel.

Ils regardaient leur reflet, immobiles, l'un dans l'autre, l'autre dans l'un. Quand ils se dévêtirent, il lui dit que leur amour ne serait que du vent, qu'un moulin à vent, mais qu'il y aurait peut-être une tempête, et qu'après la tempête tout serait comme avant.

Alors elle remplit ses joues d'air et lui souffla dessus, sur son corps tout entier. Le visage d'sbord, puis jusqu'en bas, jusqu'à ses pieds. En se relevant, elle lui dit qu'elle voudrait que jamais le vent ne s'arrête de souffler. Et comme ça elle pourrait toujours se réfugier dans ses bras et qu'il la tiendrait fort pour qu'elle ne s'envole pas...

Qu'elle aimait bien la tempête.

Et elle se colla à lui, et il l'entoura de ses bras, et ils se serrèrent fort l'un contre l'autre pendant longtemps, jusqu'à ce que la sueur apparaisse sur leurs deux ventres, sur leurs deux poitrines.

Une fois le bain rempli, chaud, comme avant, ils entrèrent tous les deux dans l'eau, dos à dos... Comme avant.

— Tu sais ! lui dit-elle, je crois qu'ils n'auraient pas pris de bain ensemble, comme ça...

— Je sais, lui dit-il.

Alors le petit visage d'Alice, rougi par la chaleur de l'eau, s'illumina. Et dans le même mouvement, ils se retournèrent : face à face, se touchant presque l'un l'autre, les jambes emmêlées.

Plus jamais de dos, ce serait leur secret, dans l'eau ou ailleurs.

Alors, comme avant, l'un face à l'autre, elle se mit à caresser, à jouer avec le sexe de son frère, essayant de le détacher du corps. Lui, posa tendrement sa tête contre son épaule et se mit à pleurer, puis à rire, puis à pleurer encore, mais il n'était pas triste, il était peut-être juste un peu heureux et il prit dans la bouche quelques mèches des cheveux mouillés de sa sœur, et les mordilla, les suça comme une paille pour en avaler l'eau.

Peu après ils s'endormirent dans l'eau chaude du bain, dans la salle de bains à carreaux noirs et blancs de la chambre n° 9.

Auparavant, bien avant leur arrivée à l'Hôtel de la Falaise, près de Biarritz, bien avant le train, tard dans la nuit, il était entré dans la chambre de sa sœur vers deux heures, sans faire de bruit, en faisant attention de n'éveiller personne dans la maison.

Au contact des lèvres doucement posées sur son front, elle avait ouvert les yeux et, tout de suite, compris en apercevant le visage de son frère au-dessus d'elle.

— Alors, on le fait maintenant, vraiment ? lui avait-elle demandé. Elle était un peu endormie, un peu inquiète, un peu heureuse.

— Oui, on le fait, lui dit-il en chuchotant, on le fait maintenant. Là-bas notre histoire a commencé, là-bas notre histoire continuera.

Elle se leva en s'étirant et quand elle enleva sa chemise de nuit, il la regarda dans la pénombre, essayant de tourner son regard ailleurs, mais il n'y arrivait pas.

Elle, elle le savait, elle le sentait, et elle s'habilla encore plus lentement, pour que les yeux de son frère aient encore plus de temps pour voir son corps dans la nuit.

Ils allaient partir là-bas. Ils l'avaient décidé depuis peu, depuis qu'ils sentaient que leurs corps changeaient, et qu'aux yeux du monde, au spectacle du monde, ils ne pourraient bientôt plus cacher le secret qui, au fil des jours, les unissait à jamais. Depuis qu'ils avaient compris que, attirés tous les deux l'un vers l'autre comme des aimants, ils ne pourraient jamais supporter leur séparation.

Alors, tard dans la nuit, ils avaient rejoint le train qui partait pour là-bas et personne ne s'aperçut de leur disparition avant le matin.

Pendant le trajet, dans les toilettes, ils s'étaient ouvert l'avant-bras, avec un rasoir. Ils avaient mélangé longtemps leur sang et l'avaient longtemps aspiré.

Le voyage dura toute la nuit. Au petit matin ils se retrouvèrent sur le quai, tout seuls dans le froid.

L'hôtel était désert en cette saison. Pourtant le vieux gardien ne fut pas surpris de voir surgir ces deux enfants.

— Nos parents vont nous rejoindre bientôt, avait-elle dit, et nous allons les attendre ici parce qu'ils sont très loin et qu'ils vont mettre du temps à arriver. Nous avons de quoi payer. D'ailleurs nous vous payons tout de suite.

Il sortit l'argent et le posa sur le comptoir du gardien.

Ils n'avaient pris qu'un sac pour deux, mais ici ils n'auraient pas besoin de grand-chose. Fatigués par la nuit blanche et par le long voyage, ils s'endormirent tout habillés sur le grand lit.

Avant, ils étaient entrés dans la chambre, celle qu'ils avaient spécialement retenue… La plus belle de l'hôtel, et tous les deux, chacun de leur côté, ils avaient examiné chaque recoin de la chambre, ouvert les armoires vides, soulevé les tapis, regardé sous le grand lit, pendant longtemps.

— Ça sent le vieux, avait-elle dit en reniflant.

— Non, ça sent la cire, le parquet en bois ciré.

Le lit était aussi en bois, il était beau, il craquait un peu, il était haut... Il était recouvert d'une vieille couette en tissu épais rouge, et il sentait bon la lessive, comme les draps : blancs, un peu usés, mais blancs.

En soulevant la couette, ils se mirent à renifler comme deux petits chiots. Quand ils se regardèrent, ils se dirent que leur complicité était la plus forte, plus forte que toutes les vies du monde, et ils grimpèrent sur le lit, tous les deux, côte à côte, main dans la main, en riant, et ils s'allongèrent, les yeux fixant le plafond.

Il se réveilla le premier. En descendant du lit, il veilla à ne pas provoquer de mouvements brusques. Alice devait dormir encore un peu.

Il se dirigea vers la fenêtre et regarda longuement l'océan, la falaise et les arbres bizarres qui l'entouraient. Il y avait des vagues, de grosses vagues qui se brisaient sur les rochers, mais c'était loin et on ne percevait aucun bruit venant de la mer. Le soleil s'éclatait sur l'hôtel, sur ses yeux. Il se détourna de la fenêtre et regarda Alice endormie.

Elle s'était enroulée maladroitement dans une couverture. Elle avait dû avoir froid pendant qu'ils dormaient. Elle était nu-pieds, elle avait dû avoir froid... Il s'assit près d'elle et la regarda, sans compter, sans compter le temps. Il aurait bien aimé la dessiner, retirer la couverture... Ses yeux fermés, ses cils sans fin posés sur ses paupières, sa petite bouche à peine entrouverte, et ses mains, et ses mains sur ses oreilles ; elle était belle, cruellement belle.

La voir nue, toucher sa peau, sentir son odeur de lait, caresser ses cheveux blonds comme du sable...

Il avait de la chance qu'elle aussi le trouve beau, comme un Apollon elle lui disait...

Alors c'était décidé, ils resteraient ici des jours et des nuits, des heures et des mois enfermés dans la chambre n° 9. Ils ne s'habilleraient plus, ils ne mangeraient plus, ils ne se laveraient plus ; ni les dents, ni les mains, ni le reste.

Oui ! ils ne sortiraient plus d'ici, d'ailleurs ils en auraient condamné l'entrée et la sortie.

Non ! ils ne feraient plus rien, à part s'aimer, et ce n'était pas une mort qu'ils voulaient, c'était une vie, leur vie.

Et tous les deux avaient fait ce choix-là ! Définitivement ensemble. Et cette fois-ci, jusqu'au bout de la terre, ils le feraient et jusqu'au bout… ils iraient. Comme ça, retirés de tout comme deux mauvais anges, retirés des yeux du monde, avec ce désir, ce furieux désir d'éclairer le chaos.

La chambre n° 9 serait leur Éden et eux, Adam et Ève, nus, cachés dans leur Paradis, unis à jamais, pour la vie.

Et cette fois-ci, il sera en elle, elle l'aura en lui, pour le meilleur et pour le pire, pour la première fois de leur existence, ici, dans ce lieu, et cela se passera là où ils existèrent pour la première fois.

Alors ils commenceraient par prendre un bain, ensemble, puis après le bain, après s'être essuyé leur corps, ils monteraient tous les deux en même temps sur le lit, tout nus, tous les deux, sur le grand lit.

Et puis…

Et puis tout de suite elle se glissa sous le drap blanc et s'assit…

— Viens dans ma maison ! Viens me voir ! Viens me découvrir, lui cria-t-elle d'en dessous le drap.

Alors il s'y glissa lui aussi et ils étaient maintenant tous les deux l'un en face de l'autre sous le drap, comme sous une tente. Et sous cette tente il y avait l'odeur de leurs deux corps, de leurs deux peaux au goût de lait, et puis comme un parfum de savon par-dessus, qui se mélangeaient.

— J'ai la tête qui tourne, chuchota-t-elle en tombant sur le dos.

Il la regarda malgré le peu de lumière, le peu d'espace, il la regarda avec le plaisir et le trouble.

— Découvre-moi... découvre-moi, lui dit-elle en fermant les yeux.

Alors avec sa main, les yeux fermés lui aussi, il commença par le haut, il toucha d'abord les cheveux, puis il descendit sur le front puis les yeux, le nez et les joues. Il effleura la bouche, caressa la petite bouche entrouverte et sentit sur ses doigts l'air chaud de la respiration presque trop rapide de sa sœur. Elle était allongée, immobile, ses bras le long du corps. Elle faisait bien attention de ne pas bouger d'un centimètre, elle aimait, elle l'aimait.

Les doigts, la main descendaient maintenant sur le torse, vers la poitrine, là où il n'y avait pas encore de seins, de seins de dame, juste des seins de petite sœur. Et sous les doigts de son frère, cela durcissait un peu, comme si elle avait froid ! et elle avait si chaud.

Maintenant la main faisait un cercle autour du nombril, elle touchait à peine la peau, la peau du ventre, puis elle alla plus bas, là où maintenant un manteau de nuit avait recouvert son sexe.

Et tout d'un coup, entre eux, il n'y avait plus de pudeur ni d'impudeur, c'était simple et doux comme ils le voulaient, comme ils l'avaient imaginé.

Et elle disait : « Sens-moi ! sens-moi, regarde-moi ! dessine-moi ! »

Et encore : « Après, ce sera à moi, oui à moi sur toi. » Il l'observerait des heures et ils se regarderaient à l'infini. Comme en ce moment, là devant elle, où il pensait à tout ça en la regardant dormir.

Oui ils se toucheraient... à l'infini.

Plus tard, il la réveilla en la couvrant de baisers sur le front et sur le visage et sur ses yeux et dans son oreille parce qu'il savait qu'elle n'aimait pas ça.

— Non ! non ! dit-elle, et si on prenait un bain ?

Après avoir fermé les volets de bois et éteint la lumière, ils entrèrent tous les deux dans la salle de bains à carreaux noirs et blancs.

Il ouvrit le robinet d'eau chaude de la vieille baignoire et laissa couler l'eau, tout doucement. Puis ils s'installèrent devant le miroir, silencieusement, selon le rituel.

Quand les gendarmes sonnèrent à leur domicile, les parents de Julien et Alice redoutèrent le pire. Leurs deux enfants, âgés de quatorze et onze ans, avaient disparu depuis trois jours et trois nuits. On leur annonça, pourtant, la bonne nouvelle : on les avait retrouvés, ils étaient vivants et en bonne santé, ils se trouvaient dans un hôtel de la Côte basque près de Biarritz, à 900 km d'ici. En entendant le nom de l'hôtel, l'Hôtel de la Falaise, le père et la mère semblèrent se sentir mal.

Les gendarmes les rassurèrent : il n'y avait rien eu de grave, sauf que, pour l'instant, les deux enfants refusaient de sortir de leur chambre, qu'ils étaient entièrement nus tous les deux, qu'ils avaient brûlé tous leurs vêtements sur le balcon. C'était d'ailleurs comme ça qu'on les avait repérés.

— C'est un endroit où vous aviez l'habitude d'aller en vacances en famille ? questionna l'un des gendarmes.

— Pas du tout, répondit la mère effondrée. Elle sanglotait. C'est dans cet hôtel que mon mari et moi avons passé notre nuit de noces, notre lune de miel. Dans cet hôtel, dans la chambre n° 9.

CHINA DAILY

« Ting ! » La petite lumière Attachez vos ceintures, *fasten seat belt*, s'alluma avec sa petite sonnerie.

Alors que le somnifère faisait son plein effet.

La jeune hôtesse chinoise les réveilla, en les secouant assez brutalement. Dans un anglais très approximatif, elle leur fit comprendre que l'avion allait se poser et qu'il fallait « attacher ceintures, relever tablettes et dossiers de sièges et se tenir prêts pour l'atterrissage ».

Aussi surpris que complètement hagard, il ouvrit un œil, puis l'autre, regarda vaguement autour de lui : l'hôtesse regagnait son siège en vitesse. Il posa une main sur le visage de Juliette, qui dormait profondément, affalée de tout son corps sur lui.

Après un temps de réflexion, il se demanda s'il ne s'était pas trompé dans la dose de somnifère ; ou alors – ce qu'il redoutait le plus – si le temps de vol entre Karachi, la dernière escale, et Pékin n'était pas plus court que prévu. Il jeta un coup d'œil à sa montre. Un calcul mental, rapide malgré son état comateux, le démontra : entre le Pakistan et la Chine, la distance était bien plus réduite qu'il ne l'avait escompté. L'effet du somnifère allait encore durer quatre à cinq heures.

Leurs premiers pas en Chine allaient être pénibles.

Les yeux de Juliette, gonflés par le manque de sommeil, renforcèrent son impression ; une légère angoisse, même, l'envahit quand elle regarda vers le hublot, et se rendormit aussitôt, sans un mot, sa tête retombant lourdement contre la carlingue de l'avion.

« Faut que je me réveille, je vais bien… faut que je me réveille, je vais bien… », tout en se frottant énergiquement le visage, il s'efforça d'attacher la ceinture de Juliette, de la mettre droite et de relever le dossier de son siège.

L'avion s'immobilisa devant l'aérogare. Ils se dégagèrent tant bien que mal de leur siège, épuisés : tels deux automates au ralenti, ils suivirent le flot des passagers du charter de la CAAC qui avait mis plus de vingt heures et trois escales pour rallier Paris à Pékin. L'aéroport de Pékin était d'ailleurs si étrange, impressionnant tant par son silence que par son parquet en bois.

Des dizaines de Chinois accroupis à même le sol observaient, complètement hilares, ce couple d'Occidentaux qui marchaient avec difficulté en jetant des regards curieux de tous les côtés.

Comme tout le monde, ils se dirigèrent vers l'arrivée des bagages. Juliette s'était assise sur l'unique banc de l'aéroport et tentait héroïquement de se maintenir éveillée. Mais elle n'avait pas prononcé un mot depuis son réveil. Lui faisait face à son désappointement et au tapis roulant : il essayait à tout hasard de se rappeler la forme et la couleur de leurs valises.

Au bout d'une demi-heure, hypnotisé à force de scruter le tapis – qui du reste ne roulait plus –, il se refusait à l'admettre : ils étaient les seuls passagers de l'avion à n'avoir pas récupéré leurs bagages. Quatre autres avions étaient arrivés ce jour-là à Pékin ; à considérer la queue des touristes qui se pressaient devant le guichet des objets perdus – du moins ce qu'il identifia comme tel –, il se sentit moins seul, surtout quand il aperçut Juliette dormant à poings fermés, allongée de tout son corps sur son banc.

Au moins, il pourrait la porter sans problème puisqu'il n'aurait plus rien pour lui encombrer les bras. C'était déjà ça.

C'est à ce moment-là qu'il se sentit loin de chez lui, et loin, très loin de l'Europe.

Quand Juliette le réveilla, le poussant brusquement, ce fut le visage angoissé de sa compagne, penchée sur lui, qui le surprit. Combien de temps avait-il dormi ? Va savoir.

Une sorte de couette exotique, d'un vert pâle, lui recouvrait le corps, et il lui fallut quelques instants pour se remémorer leur arrivée à Pékin, les démarches désespérées qu'il avait dû entreprendre auprès des autorités chinoises pour déclarer la perte de leurs bagages, d'avoir porté Juliette à bout de bras jusqu'à un taxi et, enfin, ce long trajet interminable pour rejoindre l'hôtel où apparemment ils se trouvaient, lui et sa fiancée, situé quelque part dans la zone C du district 117, à dix kilomètres de la place Tien-An-Men, mais en plein centre-ville – c'est du moins ce que leur avait assuré l'employé des Amitiés franco-chinoises, agence de leur voyage « touristique » en Chine.

— Putain, cent kilomètres carrés de centre-ville ! Gigantesque, cette ville était gigantesque.

Bizarrement, la découverte de Pékin, tant rêvée, tant imaginée, ne lui laissait aucun souvenir ; peut-être s'était-il assoupi dans le taxi.

Après avoir consulté sa montre, il en conclut qu'il avait dormi plus de dix heures, que les effets intempestifs du somnifère s'étaient à présent estompés, et que c'était quand même une bonne nouvelle. La première depuis un moment.

L'attitude nerveuse et angoissée de Juliette le sortit soudain de sa torpeur.

Elle était nue, enroulée dans une serviette de bain orange qui devait sans doute appartenir à l'hôtel. Ses cheveux étaient mouillés, elle avait pris un bain, ou une douche, quoiqu'il n'en eût aucun souvenir ; il ne se rappelait même pas comment il était parvenu jusqu'à cette chambre d'hôtel, qu'il découvrait tout juste.

Contrairement à son habitude, elle se mit à parler très fort et d'une voix tremblotante, inquiète même.

— Je saigne... Je saigne très fort... et... je ne peux plus bouger...

Et sans la moindre pudeur, elle s'allongea sur le lit, en face de lui, en serrant contre le bas de son ventre une autre serviette de l'hôtel. Décontenancé, il porta aussitôt son regard vers l'endroit... l'endroit où s'appliquait cette autre serviette.

— Ma pilule était dans la valise... mes tampons aussi..., ajouta-t-elle, affolée, presque au bord des larmes.

Manifestement, elle commençait à perdre son sang-froid.

— J'aurais dû la prendre juste avant de quitter Paris. J'ai oublié et je me suis trompée sur le décalage horaire, et maintenant tout est détraqué, au moins pendant huit jours. Il me faut des tampons ou quoi que ce soit de ressemblant, vite, très vite, sinon je ne pourrai plus bouger d'ici.

Ce « quoi que ce soit » le rassurait un peu, même si une certaine gêne s'empara de lui.

Sa première pensée l'étonna : s'ils ne récupéraient pas leurs bagages rapidement, plus question de faire l'amour tranquillement – sans protection –, jusqu'à leur retour, évidemment. L'arrêt subit de la pilule provoque chez certaines femmes l'arrivée immédiate des règles. Juliette se trouvait précisément dans ce cas, à l'autre bout du monde et démunie de tout.

Sa deuxième pensée l'emporta du côté de son dictionnaire franco-chinois, qu'il avait eu l'idée et la précaution d'emporter, mais qui se trouvait lui aussi dans leurs valises – quelque part entre Paris, Karachi ou Pékin. Et, fût-ce avec le contrôle draconien des naissances qui sévissait en Chine, il ne voyait pas comment trouver des pilules contraceptives de la même marque

que celles de Juliette – encore moins des tampons hygiéniques, surtout en chinois, et surtout lui.

Sans parler du problème, aussi dramatique, de la perte de leurs vêtements et de leurs affaires, du nécessaire renouvellement de leur « garde-robe ». Un problème qui allait rapidement devenir une urgence.

Il regarda Juliette avec son visage de petit chat battu, et tout ce qu'il put lui dire à ce moment-là lui parut bien ridicule. A posteriori.

— Eh bien voilà un voyage qui annonce la couleur, bébé ! Tout est dans le rouge, mon amour ! Toi, nos affaires, la Chine...

Il eut un peu honte.

En quittant la chambre, juste avant de claquer la porte, il entendit Juliette lui hurler de son lit :

— Je prends des regulars normaux chez Tampax, tu verras, la boîte est bleu et jaune.

— Bleu et jaune, sans problème, mon bébé, sans problème.

La grande difficulté, avec les Chinois en général, c'est la communication. Quoi qu'il arrive, que vous adoptiez une attitude normale ou inquiète – c'était le cas –, quand ils ont affaire à des étrangers, ils éclatent de rire ; d'abord en vous regardant, ensuite en vous écoutant. Face au réceptionniste de l'hôtel plié en quatre, ce n'était pas la peine d'insister. Il avait pourtant essayé de lui parler lentement et simplement en anglais, pour lui demander l'adresse d'une pharmacie, en dessinant une croix enroulée d'un serpent.

Sanglé dans un uniforme mauve flambant neuf, le réceptionniste avait alors appelé le bagagiste, puis le groom, puis d'autres employés de l'hôtel. En un rien de temps, six ou sept Chinois étaient agglutinés autour de lui, devant son dessin, morts de rire.

Calmement, délicatement, il pensa à sa fiancée ensanglantée quelques étages plus haut, à sa promesse, en quittant la chambre, de lui rapporter dans l'heure des tampons ou « quoi que ce soit de ressemblant ».

Il y avait bien quelques Occidentales dans le hall de l'hôtel, mais elles étaient toutes accompagnées de leur mari et, vu leur âge, sûrement ménopausées. Il se voyait mal les aborder et leur demander ce dont il avait besoin, par crainte de les choquer d'abord, puis d'être pris pour un pervers ou un vicieux ensuite.

Il se sentit totalement démuni face à un double problème : celui de Juliette, d'une part, et le sien, de l'autre – jeune homme égaré dans Pékin, seul dans une ville où il venait de débarquer, ne connaissant personne, encore moins la langue, à la recherche de produits typiquement féminins, sans savoir où et comment se les procurer.

Il sortit de l'hôtel. Il faisait beau ; il était quinze heures, heure locale, sept heures, heure de Paris. Une dizaine de Chinois chauffeurs de taxi sautèrent sur lui en hurlant :

— Taxi ! Taxi, mister !

— French embassy ! leur lança-t-il sans réfléchir et avec assurance – ce qui l'étonna.

Un des Chinois, plus courtois que les autres, lui répondit :

— OK, OK, Sir.

Il décida de le suivre dans sa voiture japonaise, tellement brillante qu'elle ne pouvait être que neuve.

Dehors, il faisait une chaleur horrible, écrasante et moite ; à l'intérieur du taxi, glacial. Apparemment, son chauffeur était ravi de la climatisation équipant son véhicule. En regardant ces premiers vélos chinois qui roulaient en inondant les rues de Pékin, il se disait que ce n'était pas le moment d'attraper une angine car la pharmacie de secours qu'il emmenait toujours avec lui était bien évidemment dans leurs valises.

Il vérifia s'il avait bien dans sa poche l'adresse de l'hôtel écrite en chinois, au cas où il se perdrait ; cette adresse, c'était sa « balise Argos », son « pacemaker ». Et il s'endormit.

Quelque temps après – il était seize heures –, le chauffeur de taxi le réveilla :

— French embassy, Mister. Here ! Here !

Il regarda l'endroit que lui indiquait le Chinois. Un drapeau français flottait sur un immense bâtiment gris à l'allure d'une HLM de banlieue parisienne. Devant la façade, une sorte de jardin témoignait quand même de la grandeur de la France, un minimum de décorum, surtout à l'étranger, surtout devant sa représentation diplomatique.

Il laissa un pourboire au chauffeur, se remémorant mot pour mot ce que le Guide vert expliquait aux futurs touristes en Chine sur la monnaie du pays et les habitudes locales – guide que lui avait prêté un des passagers de l'avion pendant le vol, et qu'il avait essayé d'apprendre par cœur, regrettant de ne pas l'avoir acheté avant de partir.

Il n'y avait personne devant l'ambassade, qui semblait étrangement calme ; personne non plus dans l'immense avenue où il se trouvait. Celle-ci était large comme les Champs-Élysées, mais sans doute dix fois plus longue. De chaque côté et sur toute sa longueur s'élevaient d'énormes arbres, des sortes de baobabs géants qui mettaient le passant à l'abri du soleil, lequel tapait fort, très fort par ici, même à quatre heures de l'après-midi.

Il avait mis plus d'une heure pour arriver jusqu'à l'ambassade, et le retour à l'hôtel ne s'annonçait pas plus rapide. Pourvu que Juliette ne s'inquiète pas trop : l'imaginer toute seule dans sa chambre, ses mains pressant une serviette de bain sur son sexe, le remplissait d'une infinie tristesse, gâchait pour l'instant la découverte du pays et le laissait insensible au choc culturel qui s'offrait à ses yeux.

Il sonna à l'interphone de la grille d'entrée. Immédiatement, une voix d'homme, avec l'accent de Marseille, se fit entendre : « Ambassade française, bonjour ! Aujourd'hui, 14 juillet, l'ambassade et ses bureaux sont fermés. »

« Bon sang ! c'est pas vrai !... » Il l'avait complètement oublié. Et la voix du Marseillais continuait : « En cas d'urgence, vous pouvez appeler le numéro suivant à Pékin : 37 83 24. » Et Clac ! Le bruit d'un téléphone qu'on raccroche.

Évidemment, il n'avait pas eu le temps de noter le numéro, encore sous le coup de cet interphone ultra-moderne. « Elle avait mis le paquet, la France ! »

Il rappuya sur le bouton de l'interphone. En bonne logique, si c'était une bande enregistrée, elle se remettrait en marche automatiquement. Effectivement, la voix du Marseillais répéta « Ambassade française, bonjour... aujourd'hui..., etc. ».

Cette fois, il avait préparé son stylo à bille – encore heureux qu'il en ait un sur lui –, et s'empressa de noter le numéro du Marseillais sur le verso de la carte de l'hôtel.

Et maintenant ? Et maintenant, pas la peine de chercher une cabine téléphonique parce qu'il n'y a pas de cabines téléphoniques à Pékin, en tout cas pas encore et ça aussi c'était écrit dans le guide.

Par contre il essaya de raisonner. Calmement.

Retourner à l'hôtel pour téléphoner ? C'était une perte de temps, il aurait dû repartir aussitôt à la recherche de ces putains de tampons.

C'est alors qu'il se fit cette remarque : toutes les capitales du monde possèdent un quartier des ambassades ; il se trouvait certainement dans celui de Pékin et, en cherchant un peu, il tomberait forcément sur l'ambassade de Belgique. Ou celle de Suisse. Ce n'était pas sa fête nationale à la Belgique – c'était le 21 juillet : il ne risquerait pas de trouver portes closes. Quant à la Suisse, il ignorait s'il y avait même une fête dans ce pays.

Satisfait de son raisonnement, il se remit en route, vers la droite, puis après hésitation, vers la gauche, comptant sur un facteur chance un peu trop discret depuis leur arrivée à Pékin.

Depuis plus de six mois, ils avaient espéré et préparé ce voyage, Juliette et lui. C'était pour eux un vieux rêve, une évasion, une récompense après quatre années d'études de graphisme aux Beaux-Arts de Paris. Un vieux rêve qu'il partageait avec Juliette depuis leur plus tendre enfance. Ils se connaissaient depuis l'âge de cinq ans et ils étaient devenus successivement camarades de jeux et d'école, frères et sœurs de sang unis pour la vie et la mort, amants et s'aimant, unis dans le même univers. Bref, depuis plus de quinze ans, ils étaient inséparables.

Vers le début des années 1970, ils avaient vu à la télévision, comme tout le monde, ces millions de Chinois brandissant leur petit livre rouge sur la place Tien-An-Men ; et ils avaient tous les deux rêvé de se retrouver sur cette place-là. Ce vieux rêve devint réalité lorsque les autorités chinoises ouvrirent leurs frontières aux étrangers non accompagnés. Ils s'étaient promis de ne jamais partir en Chine en voyage organisé ! L'occasion se présenta cette année-là.

Une fois leurs visas obtenus, ils demandèrent aux Amitiés franco-chinoises d'organiser leurs déplacements et leur logement à l'intérieur du pays, mais seulement ça, et parce qu'ils se disaient qu'une fois là-bas ils allaient être complètement isolés à cause du problème de langue, et qu'il fallait un minimum d'organisation, mais qu'une fois là-bas, aussi, ils seraient libres d'aller et d'agir comme bon leur semblerait.

Drôle de monde, se disait-il, maintenant qu'il y était, en marchant rapidement et bien dans l'ombre des baobabs pour éviter le soleil brûlant. À peine quelques heures sur le sol chinois et déjà à chercher une assistance occidentale !

Et que ce pays est immense, et que cette ville est grande, et que ces avenues sont longues, et quelle chaleur ! Une demi-heure qu'il marchait. Ça représentait combien de kilomètres ? Deux, trois ? Trois kilomètres de la même avenue, trois kilomètres de baobabs géants ; et sur son chemin, il n'avait croisé que deux ambassades : celle du Pakistan et celle de l'Inde, inintéressantes au possible, si ce n'était leur architecture. Quant aux autres édifices de l'avenue, il n'en connaissait pas la fonction puisque tout était écrit en chinois.

Soudain, au loin, il aperçut entre deux branches géantes de baobab, sur un poteau, un drapeau rouge et peut-être une croix blanche. Le drapeau de la Suisse ?

Une énorme sensation de joie, mais aussi d'orgueil le souleva. Il se mit à courir, à courir de plus en plus vite dans cette direction. Son raisonnement sur les quartiers diplomatiques était juste et il devait se dépêcher parce qu'il était déjà dix-sept heures et qu'il avait peur que l'ambassade ne ferme.

Arrivé devant, le soulagement. C'était bien l'ambassade de la Confédération helvétique... avec son drapeau. Un bout de la Suisse s'offrait à ses yeux. C'était un bâtiment bien mieux tenu, beaucoup plus plaisant que l'ambassade française. On se serait cru devant ces belles demeures très chic bordant le lac Léman, à Montreux ou Genève.

Il y avait, donnant sur un grand parc magnifique, une immense grille noire et, juste devant, un petit box avec un gardien à l'intérieur. Sans doute un garde suisse. Il se dirigea vers lui. C'était un jeune Européen d'une vingtaine d'années, en uniforme militaire. Parlait-il français ? Le gardien se tourna vers lui et prononça un « oui » assez neutre ; suisse, quoi. Alors il lui expliqua qu'il cherchait une assistance urgente auprès d'un médecin ou d'un consul quelconque, qu'il était français, que son ambassade était fermée, et que c'était vraiment un problème grave, que sa femme était bloquée à l'hôtel et qu'elle était malade.

Le jeune gardien, toujours d'un ton neutre, lui répondit qu'il allait appeler l'ambassade avec son téléphone de service, là, posé dans son box, et qu'il fallait attendre.

Tout d'un coup, inquiet, il demanda au gardien :

— Mais ôtez-moi d'un doute. Je ne suis pas à l'ambassade ici ?

— Ah ! Non, ici vous êtes à l'entrée du parc de l'ambassade. Très naturel, le gardien mais un peu agaçant.

Il s'excusa auprès du jeune garde suisse : effectivement, il n'avait pas fait la différence, l'entrée du parc de l'ambassade n'était pas l'ambassade elle-même, etc. Encore essoufflé par sa course, il s'étonnait de garder son calme.

Il s'assit sur une sorte de banc en bois, près du box du gardien. Depuis que le taxi l'avait déposé devant l'ambassade française, il ne s'était pas assis. Il apprécia de reposer un peu ses jambes.

Quelques instants plus tard, le gardien l'interpella :

— Alors voilà, un consul va vous recevoir, monsieur. Il faut me suivre. D'un français toujours impeccablement monocorde.

— Très bien, merci.

Il se leva et suivit le gardien qui se dirigeait lentement mais sûrement vers l'ambassade tapie un peu plus loin au fond du parc. Une fois dans l'ambassade, debout dans le grand hall, il fut frappé par le silence qui régnait à l'intérieur. Ce qu'il vit là, d'ailleurs, ne le surprit guère, et c'est ce qu'il attendait parfaitement d'une représentation diplomatique, suisse de surcroît.

Un sol en marbre blanc, au milieu un tapis rouge qui menait jusqu'à un grand escalier. Autour, d'immenses portes en bois verni. Rien ici ne venait rappeler qu'il se trouvait à Pékin. Devant lui, un concierge, ou un huissier, installé derrière un grand comptoir, comme dans un palace.

C'était un vieux Chinois dans un costume noir trois pièces, avec une barbe blanche et des lunettes rondes. On aurait dit Trotski, avec des yeux bridés. Celui-ci l'accueillit avec un sourire stupide mais édenté, le même qu'arboraient les chauffeurs de taxi, tout à l'heure devant l'hôtel. Le jeune gardien disparut rapidement. Le vieux Chinois lui désigna une grande porte en bois, à gauche de l'escalier, et lui fit signe d'entrer, en se courbant très poliment.

Il entra sans frapper. C'était une petite pièce charmante tout en bois foncé ; un homme d'une cinquantaine d'années trônait derrière un bureau moderne, entouré d'une kyrielle de téléphones, de deux ordinateurs et probablement de quelques fax. À sa gauche, un ventilateur dirigé vers lui fonctionnait sans bruit.

L'homme, visiblement, avait chaud, car malgré son costume d'été beige, irréprochable, sa chemise blanche et sa cravate bleue, et le ventilateur, il suait beaucoup et s'épongeait souvent le front et le cou avec un mouchoir jaune.

L'homme se leva en souriant lui aussi pour le saluer, pourtant il ne lui proposa pas de s'asseoir.

— Bonjour, jeune homme. Vous êtes un Français bien jeune, vous venez de Paris ? Que vous arrive-t-il de grave dans ce merveilleux pays ?

L'homme posait les bonnes questions. C'était bien un diplomate.

— Je suis un des consuls de permanence de l'ambassade suisse, et je suis le seul aujourd'hui car tout le monde ici est parti au cocktail que donne votre ambassadeur dans sa résidence privée, pour célébrer votre fête nationale. Ah ! Ah ! Ah !

Il parlait avec l'accent suisse, mais il avait l'air très jovial ; il terminait toujours ses phrases par de petits rires gras, un peu germaniques, et toujours en s'épongeant le front avec son mouchoir jaune.

Là, face à ce consul suisse, plutôt comique, le fiancé de Juliette ne savait pas trop, encore une fois, comment aborder son problème. Il commença par se présenter. Puis il relata son arrivée le matin même à Pékin, la perte de ses bagages, les taxis, son ambassade fermée, les baobabs – il prit un air de chien battu –, la situation de Juliette, la pilule oubliée, le sang, sa crainte d'une hémorragie, sa quête de tampons ou de serviettes hygiéniques, et peut-être que l'on pourrait l'aider dans ce problème délicat, ici, à l'ambassade de Suisse... enfin que ce serait génial de lui indiquer un endroit ou alors un médecin, pour que cette journée se termine enfin, et bien.

À peine avait-il terminé son récit que le consul explosa d'un rire encore plus fort que les précédents, ce qui le fit transpirer encore plus.

— Ah ! Ah ! Ah ! Ah ! J'avais peur que vous me demandiez de l'argent ! Ah ! Ah ! Ah ! Ah !

Il n'en finissait plus de rire...

— Ah ! Ah ! Ah ! Mais ce n'est pas grave du tout, jeune homme ; nous avons ce qu'il vous faut !

« Nous avons ce qu'il vous faut... » Ces quelques mots résonnèrent dans sa tête ; on aurait cru un épicier ou un pharmacien.

Il était abasourdi. Comment, dans les bureaux d'un consul à l'ambassade suisse, ce problème, depuis des heures insurmontable, devenait-il tout à coup aussi simple à résoudre que s'il était entré dans une pharmacie pour demander de la vitamine C ?

Et tout en l'invitant à le suivre, le consul en rajoutait...

— Savez-vous quelle marque utilise votre épouse ? Il en devenait consternant.

En le suivant à la trace, il osa lui répondre dans le ton, comme s'il faisait ses courses :

— Vous avez différentes marques à proposer ?

Et il se maudissait de ne pas avoir demandé à Juliette une autre sorte de tampon que ce qu'elle prenait habituellement, au cas où.

Dans la petite pièce où le consul l'avait précédé, entreposés sur des étagères et par cartons entiers, s'amoncelaient des centaines, des milliers de piles de tampons et de serviettes hygiéniques, dans leurs boîtes de toutes les couleurs : des Tampax super ou extra-mini, avec ou sans applicateur, des serviettes Vania, ou même Nana... et des petites boîtes vert et bleu d'O.B...

Une pièce remplie à ras bord de serviettes hygiéniques en pleine ambassade suisse. Un délire.

— Voyez ! dit le consul, assez fier. Voyez, ici, en Suisse, nous prenons nos précautions. Et vous savez (il s'épongea le front), c'est normal ! Les femmes occidentales qui visitent la Chine ont le même problème que votre dame. Presque toutes. On ne rencontre pas ce genre d'article dans ce pays, parce que les Chinois trouvent toutes ces choses trop intimes, trop gynécologiques à fabriquer... Ah ! Ah ! Ah !... Et le pire, c'est que chez nous, en Occident, aucun guide ne mentionne ce détail... trop pudique. Ah ! Ah ! Ah !... Et il s'esclaffa de plus belle. Alors nous, ici, on est devenu une succursale de Tampax. Ah ! Ah ! Ah ! Allez ! La boîte, c'est trente francs suisses, cent cinquante francs français tout compris. Vous pouvez payer en dollars et par chèque... Nous avons aussi des préservatifs si cela vous intéresse...

« Cinq francs le franc suisse... Putain de Guide vert ! »

Tout cela semblait assez surréaliste ; mais autant prendre ses précautions. Il prit deux boîtes de Tampax 40 regular bleu et jaune. Il ramènerait à Juliette quatre-vingts tampons... Ça devrait suffire.

Après avoir remercié chaleureusement le consul, et lui avoir laissé un chèque de 300 francs français, il sortit rapidement de l'ambassade, salua l'huissier, et le garde, toujours aussi paisible dans ses réactions.

Il se retrouva sur l'avenue. Un rien abruti. Est-ce qu'il n'avait pas rêvé ? La nuit était maintenant tombée sur Pékin. Il ne s'en aperçut pas tout de suite, par contre de sa connerie, si : il avait oublié de demander un taxi au consul.

Ses Tampax à la main, il en guetta un dans l'avenue. Rien à droite, rien à gauche, bien sûr. À part quelques Chinois en vélo, il n'y avait pas une seule voiture à l'horizon…

Et c'était reparti ! Il prit la direction opposée aux ambassades suisse et française : cette avenue finirait bien par en couper une autre et un carrefour offrirait plus de chances de trouver une voiture.

Avec la nuit, Pékin semblait se réveiller, et plus il avançait dans l'avenue, plus cela grouillait de monde : surtout en vélo et surtout à pied comme lui… Le quartier diplomatique se transformait peu à peu en quartier commerçant. Des Chinois par familles entières débouchaient de tous côtés. Ils s'affairaient autour d'une multitude d'échoppes ou mangeaient à même le trottoir des nouilles fumantes qu'ils achetaient à des restaurants ambulants. Malgré son désir de rentrer au plus vite à l'hôtel, il était très attiré par ce spectacle ; cela fourmillait dans tous les sens.

Malgré l'éclairage public défaillant, il aperçut au loin, devant une sorte de kiosque à journaux, une voiture noire japonaise, l'enseigne rouge des taxis fichée sur le toit. Installé derrière son volant, le chauffeur dormait, la bouche ouverte, toutes les fenêtres fermées, sans doute pour profiter de l'air climatisé.

Il tapa une fois – doucement – sur la vitre pour le réveiller et, d'un bond, le chauffeur jaillit de la voiture pour lui ouvrir la porte arrière. Il sortit l'adresse de l'hôtel de sa poche et la tendit au chauffeur.

À peine s'était-il assis dans la voiture que le taxi démarra en trombe, ce qui le plaqua contre son siège. Visiblement, le chauffeur était pressé. Cela tombait bien, lui aussi.

Il pensa à Juliette de nouveau, très fort. Il avait enfin les précieux tampons et il était à la fois fébrile et impatient de les lui ramener. Trois heures qu'il était parti ! Dans quel état allait-il trouver Juliette ? Pourvu qu'elle n'ait pas perdu trop de sang. Cette angoisse ne le quitta plus jusqu'à son arrivée à l'hôtel, une demi-heure plus tard.

Le tarif de nuit pour le taxi existait aussi à Pékin, comme à Paris, et il eut tout juste de quoi payer la course au chauffeur.

Il gagna le hall et courut vers les ascenseurs. Le concierge et le liftier chinois éclatèrent de rire en l'apercevant, mais il n'en avait rien à foutre.

Il se rua dans la chambre…

Juliette était là, radieuse, reposée, belle, confortablement assise sur le lit dans son pyjama en train de regarder CNN à la télévision. Au pied du lit : la valise de Juliette, une boîte de Tampax négligemment ouverte reposait dessus.

Ses deux paquets toujours dans les mains, il regarda Juliette, bêtement. Elle lui sourit, d'un de ses plus beaux sourires :

— Ils ont retrouvé ma valise… c'est génial, il y avait tout à l'intérieur. Tout va bien maintenant. Ils m'ont dit que pour la tienne, elle arrivera dans trois jours ici, à l'hôtel. Parce qu'elle est toujours à Paris. C'est une bonne nouvelle, non ?

PEEP SHOW

Vu d'en haut, cela pouvait donner ceci ou cela, comme on voudra.

L'appartement était vaste et moderne, avec de grandes baies vitrées, donc lumineux et aéré.

Il y avait du monde dans la pièce principale, living ou séjour, comme on voudra. Là, les lumières étaient plutôt tamisées et l'on entendait une musique d'ambiance. Çà et là, posés sur la table basse, à même le sol ou la moquette, des bouteilles d'alcool de tous genres, toutes entamées, et des verres, remplis, vides ou renversés. Des cendriers aussi, débordant de mégots de cigarettes américaines.

Çà et là, on entendait de curieux gémissements... Curieux, mais, après tout, significatifs, étant donné ce qui se passait dans l'appartement.

Au milieu du salon, Olivia était allongée par terre, sur le dos. Pierre était sur elle et la prenait d'un lent va-et-vient. Il n'avait d'yeux que pour Cloé qui se trouvait aussi au-dessus d'Olivia, mais plutôt du côté de la tête, plus précisément au-dessus de sa bouche, vu qu'Olivia lui embrassait le sexe. Cloé, elle, n'avait d'yeux que pour Fabrice, dont elle avait le membre dur dans la bouche ; avec ses mains, ou ses doigts, comme on voudra, elle s'occupait à la fois des seins d'Olivia et des fesses de Fabrice. Fabrice, justement, embrassait tendrement les lèvres de Juliette qui, debout près de Pierre, écartait un peu les jambes pour offrir l'accès de son truc à Martin, lequel était assis derrière elle dans un fauteuil.

Dehors, il s'était mis à pleuvoir.

Martin, tout en s'occupant de Juliette d'une main, de l'autre se caressait violemment le sexe, juste devant le visage de Rebecca qui était accroupie à ses côtés, près du fauteuil. En fait, Rebecca était à genoux sur Alain qui la pénétrait par-derrière, puissamment, tout en léchant la poitrine de Justine. Justine, la tête rejetée en arrière, était étendue sur le canapé, à côté du fauteuil et de la cheminée ; elle bougeait vigoureusement, parce que Julia lui embrassait amoureusement sa chose.

On dira ce qu'on voudra, mais il faut croire que tous s'aimaient fougueusement, alors que dehors il continuait de pleuvoir.

La petite lumière de la salle de bains était toujours allumée ; sur le carrelage rose, il y avait Amina qui se faisait du plaisir toute seule en regardant à la fois son reflet dans la glace du plafond et, par la porte entrouverte, les ébats rageurs, on pourrait même dire endiablés, de tous ses amis. Plus loin, dans le couloir de l'appartement qui menait au living, il y avait encore : Jacques, Bob, Michel et Stéphane, plus Brigitte et Nathalie, George et Muriel qui attendaient impatiemment leur tour d'entrée dans l'arène.

Curieusement, personne n'utilisait les deux chambres à coucher de l'appartement. Quoi qu'il en soit, vu d'en haut, cela bougeait, cela sautait d'un coin à l'autre, de l'un à l'autre, au hasard, avec frénésie.

Tout le monde était nu, complètement nu, cela va sans dire, et l'on n'entendait que râles et gémissements, de plaisir et de désir, qui emplissaient tout l'appartement. Vu d'en haut.

Et vu d'en haut, M. de Villière s'époumonait à décrire la situation aux spectateurs qui s'étaient rassemblés autour de lui et qui l'écoutaient religieusement. Ils étaient tous de sexe masculin, d'un certain âge, et ne perdaient pas une seule miette du spectacle.

M. de Villière, dompteur de puces savantes, avait mis de longs mois à mettre au point ce spectacle. Il avait aussi construit de ses mains la maquette de l'appartement, ses décors et ses meubles avec un souci du moindre détail.

Après avoir payé leur ticket, les spectateurs prenaient place, dans la pénombre d'une tente, juste au-dessus de la maquette protégée par une vitre de Plexiglas. Là, à l'aide de loupes obligeamment fournies par M. de Villière, ils avaient un regard privilégié sur le « show ».

Le maître d'œuvre officiait, face au public, assis sur une chaise d'arbitre de tennis, habillé comme il se doit en M. Loyal. Surplombant l'ensemble, il décrivait le déroulement du spectacle en utilisant un porte-voix et dirigeait ses actrices et acteurs avec un petit fouet en soie. M. de Villière, revêtu de son habit rouge et de son chapeau claque, menait donc d'une main de velours, mais ferme, toutes ses petites protégées.

Le spectacle était interdit aux moins de dix-huit ans – une idée de M. de Villière. Il y avait déjà quelque temps qu'il s'était aperçu que ses « Puces acrobates » n'intéressaient plus grand monde. Il en avait conclu que son attraction était démodée et qu'il fallait la corser un peu.

Au début, les puces avaient rechigné, bien sûr, c'est normal : on peut avoir une nature exubérante, mais rester prude. Malgré tout, le succès aidant, elles s'étaient finalement très bien adaptées à la nouvelle nature du spectacle. D'autant que rien n'avait changé dans leur numéro : elles n'avaient qu'à faire semblant, se sauter les unes sur les autres, se mélanger les unes aux autres, simuler, juste simuler.

De toute façon, du moment qu'elles avaient de quoi manger…

Et du sang chaud et frais, elles en avaient à profusion, car les spectateurs, captivés par la représentation et le commentaire de M. de Villière, ne se doutaient absolument pas que leurs mollets servaient de banquets d'après-show à tous les acteurs et actrices de ce peep-show peu ordinaire. Certains soirs, c'était littéralement l'orgie, si bien que M. de Villière était obligé de refréner son petit monde afin de ne pas trop gêner les spectateurs qui repartaient en se grattant les jambes jusqu'au sang. Mais force était d'admettre que les puces lui obéissaient au doigt et à l'œil en réalisant des prouesses dans leurs jeux.

De toute façon, c'était la promesse qu'il leur avait faite en échange de leur nouvelle prestation : du sang frais et chaud tous les jours.

Entre M. de Villière et ses puces, c'était une longue histoire, une histoire simple, mais une histoire d'amour. Très jeune déjà, il s'était passionné pour ces petites bêtes. À l'âge de six ans, il les capturait sur le chien de la maison et les enfermait dans une boîte d'allumettes qu'il emmenait toujours avec lui. Et souvent, il leur parlait longuement le soir dans son lit et il les caressait de ses petits doigts. Tous les jours, il choisissait parmi ses camarades d'école celui qui allait servir de repas à ses puces. Celles-ci lui étaient reconnaissantes et, très vite, une réelle intimité s'était installée entre le jeune garçon et les insectes.

L'idée de faire des spectacles était venue bien plus tard, à l'issue d'une décision commune.

L'élevage de puces de M. de Villière était devenu l'attraction de tout son village, de toute la région. Les samedis, on se réunissait dans le Café de la Mairie pour entr'apercevoir les puces de l'artiste, qui trônaient dans une cloche à fromage, sur une table, au milieu de la salle. Au signal de leur maître, elles sautaient d'un quignon de pain à l'autre, parfaitement synchronisées – de vraies acrobates de cirque –, puis elles tiraient de petits chariots construits avec des allumettes par M. de Villière lui-même, et elles faisaient encore plein d'autres choses pour le plaisir des petits et des grands. Tout le monde admirait la parfaite obéissance des insectes à M. de Villière. À cette époque, le prix à payer pour le spectateur était d'une piqûre par personne. Quand il eut l'âge de gagner sa vie, M. de Villière décida de monter à la capitale pour présenter à des cirques ou à des foires ses puces savantes. Il y réussit quelques années, mais jamais son plus grand rêve, celui de passer à la télévision, ne se réalisa. Et ce n'était pas la nature de son nouveau spectacle qui lui ouvrirait les portes de chez Drucker.

« Le monde est vache et injuste », se disait-il souvent en s'endormant tard la nuit, dans son petit studio de la porte de Vincennes. Souvent aussi, quand une larme coulait sur sa joue, toutes ses petites puces venaient lui remonter le moral en se couchant sur lui dans son lit...

... Et plus le temps passait et plus M. de Villière déprimait. La routine, l'incroyable routine qui ronge ou qui use tout homme de spectacle, tout artiste.

À force de présenter le show six jours par semaine, avec quatre spectacles dans la même soirée, et devant le même public composé de vieux pervers, de veufs ou de célibataires, M. de Villière s'enfonçait petit à petit dans une sorte d'amertume logique.

D'ailleurs, il passait toutes ses journées de repos devant sa télévision, mélancolique. Étant lui-même célibataire, il ne lui restait plus que ses petites amies pour lui tenir compagnie.

Et malgré elles, M. de Villière était de plus en plus triste et déprimait de plus en plus dangereusement. Et les petites puces s'en rendaient bien compte, leur père adoptif n'était pas bien, pas bien du tout.

La routine, mais surtout l'absence de célébrité, minait M. de Villière.

Jamais il n'aurait la gloire, jamais il n'aurait de reconnaissance. Personne du monde des spectacles de Paris ne s'intéressait à lui et à sa revue. Ni l'Alcazar ou le Lido, ni les journaux, ni la télévision ; c'était clair et ce n'était pas faute d'avoir supplié quelques producteurs de venir voir au moins une fois le spectacle.

Non ! juste une foire minable de Barbès les accueillait lui et ses puces, et jamais dans son village natal il ne pourrait revenir comme celui qui avait réussi à la capitale, comme la « vedette » de Paris.

Non ! jamais le maire ne l'accueillerait avec les clés de Boutin-en-Perche sur la place de la mairie, jamais, on ne lui dirait que la veille on l'avait vu chez Drucker et qu'il avait fait un tabac en direct.

Et pour M. de Villière tout cela était trop triste…

Et c'est comme ça qu'un jour les puces décidèrent de réagir, car pour elles c'était une question de vie ou de mort mais surtout d'honneur face à l'injustice qui frappait leur père.

Un lundi, jour de relâche, alors que M. de Villière était devant sa télévision, elles passèrent à l'attaque…

L'émission de Michel Drucker était diffusée en direct du studio Matignon, près des Champs-Élysées. C'était un talk-show des plus banals mais qui réunissait entre 19 et 20 heures plus des trois quarts des Français, tous les soirs. C'était une véritable institution, et son présentateur vedette était le plus populaire des animateurs télé de la France. Il plaisait à tout le monde, petits et grands, grands-mères et femmes au foyer.

Ce lundi-là…

M. de Villière, amorphe, passa toute la journée devant sa télévision et ne se rendit pas compte de la fugue de ses petites protégées. À 19 heures, il changea de chaîne et se mit à regarder Studio Michel, l'émission de Drucker.

Et c'est alors que le miracle eut lieu.

Olivia, Julia, Rebecca, Cloé, Amina et les autres, toutes les autres... Avec aussi Pierre, Alain, Martin et tous les autres... Ils et elles étaient là devant ses yeux, par petit écran interposé.

C'est en effet quelques minutes après le début de l'émission que M. de Villière et les quelque 15 millions de Français présents ce soir-là remarquèrent qu'il se passait des choses anormales.

Toutes ses petites puces, ses petites amoureuses avaient envahi le studio en direct, et elles s'en donnaient à cœur joie, sur tout le monde ; les invités, les techniciens, le présentateur et son public. Et elles piquaient, et elles suçaient à tout va, elles le vengeaient, elles étaient devenues des stars, ses petites stars qui passaient à la télévision.

L'heure de la revanche de M. de Villière et sa troupe avait sonné.

Et celui-ci d'éclater en sanglots devant sa télévision, il pleurait M. de Villière mais il était fier, il pleurait mais il riait aussi ; il était devenu l'homme le plus heureux de la terre. Heureux de voir ses puces accéder enfin à la gloire. Quel dommage, quel dommage qu'il ne pût prévenir toute sa famille et tout son village pour qu'ils ne ratent pas l'émission, il n'avait pas le téléphone.

En direct à la télévision ce soir-là, c'était une véritable catastrophe.

Michel Drucker essayait, sans y parvenir, d'assurer le déroulement de son émission mais il se grattait comme un fou les jambes et les pieds en suant à grosses gouttes avec un sourire crispé.

Ses invités étaient pris de tremblements et se grattaient eux aussi nerveusement les bras et la taille ; quant au public, c'était la Berezina. La panique avait envahi le plateau... tout le monde se levait des sièges, sortait en courant du studio en se démenant comme des épileptiques ; une véritable armée en déroute, une catastrophe.

Ce soir-là, vu d'ici, comme on voudra, dans un petit appartement de la porte de Vincennes, un artiste s'endormit, heureux et comblé, enfin.

JUSTINE
(à l'heure dite)

À l'heure dite le téléphone sonna.

Il décrocha et la petite voix demanda :

— Tu m'écoutes ?

— Je t'écoute, répondit l'homme.

— Voilà, j'ai onze ans, je m'appelle Justine et je suis une fille. Je suis toute seule à la maison. Je n'ai pas de sœur, mais j'ai deux grands frères, un chat et des poupées. Mon père, il est parti, c'est ma maman qui me l'a dit ; il est malade, en ce moment il est dans une clinique pour les drogués. On le soigne pour qu'il ne prenne plus de drogue, parce qu'il en prenait beaucoup, et ça se voyait tout le temps, même que, quand il venait me chercher à l'école, je me cachais pour pas que l'on me voie avec lui, j'avais honte. On avait l'impression qu'il dormait tout le temps, même quand il marchait.

« Ma maman, elle travaille toutes les nuits, je ne la vois jamais, parce que, dans la journée, elle dort.

« Elle est danseuse, ma mère, elle danse pour les hommes assis devant elle et ils l'aiment beaucoup parce qu'ils l'applaudissent tout le temps ; c'est elle qui me l'a dit.

« Mais moi, je suis toute seule la nuit, et je m'ennuie, je m'ennuie et je m'ennuie…

À ce moment-là, la petite fille s'arrêta de parler, elle avait tout raconté d'une traite, rapidement, sans émotion ; un peu comme si elle récitait un poème devant sa maîtresse à l'école.

Et l'homme, lui, l'avait écoutée en silence.

Alors, il y eut pendant encore un moment ce joli silence, chacun d'entre eux entendait de l'autre juste le faible bruit de sa respiration dans l'écouteur.

Et puis l'homme lui demanda :

— Mais qu'est-ce que tu fais toute seule la nuit quand tu t'ennuies, et tes frères, ils ne s'occupent pas de toi ?

— Non, personne ne s'occupe de moi, et moi je fais ce que je veux, je fais ce que je veux, dit Justine presque agacée, brisant la tonalité douce de sa petite voix.

« Quand mes frères vont dormir, je vais dans la chambre de ma mère et j'ouvre ses tiroirs et ses armoires et je fouille dedans. Et puis je me maquille le visage comme elle et je m'habille comme elle, avec ses vêtements de dame et puis je mets un soutien-gorge, tu sais je commence à avoir de la poitrine maintenant, et puis aussi je fume des cigarettes, j'aime bien parce que, sur le filtre, il y a les traces de mes lèvres rouges, j'aime bien ça. Et puis je m'allonge sur le grand lit avec Lulu, c'est mon gros chat, il est gris et je ne l'aime pas parce qu'il dort tout le temps...

Et l'homme s'imaginait alors cette petite fille sur le lit, maquillée maladroitement avec un corsage trop grand pour elle et...

Et Justine se mit à chuchoter, à parler tout bas dans l'appareil...

— Et puis, je t'appelle, parce que je pense à toi, je t'appelle...

Et puis... et elle raccrocha.

— Et puis quoi !... allô, allô !

Le lendemain, à l'heure dite, le téléphone sonna et il décrocha l'appareil et la jolie petite voix demanda :

— Tu m'écoutes ?

Et l'homme répondit :

— Oui je t'écoute, Justine.

Cette nuit la petite fille paraissait boudeuse et peut-être un peu triste aussi.

— Voilà, je ne veux plus aller à l'école, je ne veux plus y aller, j'ai plus envie, je n'aime personne là-bas, ce sont tous des cons et des idiots, j'ai plus envie, c'est fini, j'irai plus.

— Mais pourquoi, il s'est passé quelque chose de pas bien aujourd'hui ? demanda l'homme.

— Non, il ne s'est rien passé, rien du tout, comme d'habitude, il ne se passe jamais rien là-bas et je m'y ennuie, c'est tout. Là-bas, j'attends toute la journée, et il ne se passe rien. J'attends que l'école commence pour que cela finisse plus vite, mais les journées sont trop longues et ça n'en finit jamais. J'attends que l'on m'appelle au tableau mais on ne m'appelle jamais. J'attends que les garçons m'embrassent pendant la récréation mais ils ne le font pas, où alors ils ne savent pas. J'attends que l'on me raconte des trucs impossibles mais on m'apprend que des choses stupides.

« Voilà, c'est tout, j'attends là-bas pour rien, toute la journée car il ne s'y passe jamais rien et j'aime pas qu'il ne s'y passe rien, j'aime pas ça, j'ai l'impression que je n'existe pas. J'irai plus, voilà.

— Mais tu ne peux pas ne plus aller à l'école, Justine, tu as encore besoin d'apprendre, tu es comme toutes les petites filles et les petits garçons de ton âge, tu es encore si petite, dit l'homme, inquiet, mais qu'est-ce que tu vas faire si tu n'y vas plus ?

— J'irai brûler toutes mes poupées dans un grand champ de blé, voilà, voilà ce que je vais faire, dit-elle presque menaçante. Oh ! et puis non, je les ferai plutôt griller dans le four de la cuisine, oui ! c'est ça, je les attacherai toutes les quatre sur la plaque, après les avoir mises toutes nues, et puis j'allumerai le four, je le mettrai à 250 degrés et puis je regarderai à travers la vitre, je regarderai comment elles souffrent, oh oui ! j'aimerai ça, et aussi j'y mettrai Lulu, par la même occasion, lui aussi attaché à la grille du four et il brûlera lui aussi. Voilà ce que je ferai, et ça sera plus drôle que l'école, ça c'est sûr, voilà salut !

Et elle raccrocha.

La petite fille avait encore dit tout ça si naturellement, mais avec dans la voix un peu plus d'excitation qu'à l'accoutumée et l'homme l'avait écoutée, comme toujours. Le lendemain comme la veille, à l'heure dite, il s'approcha du téléphone et attendit la sonnerie.

— Tu sais, la seule et unique personne que j'aime après mon papa, c'est mon grand-père, mais il est malade lui aussi, il est tout le temps assis sur un fauteuil, toute la journée, il est devant la fenêtre de sa chambre et il regarde les sapins dans le jardin. On dirait qu'il essaye de faire quelque chose, on dirait qu'il essaye de rêver... Peut-être qu'il pense à quelqu'un, mais personne ne le sait parce qu'il ne parle plus, mais moi je le sais son secret, je suis la seule à le savoir, à qui il pense, cela se voit dans ses yeux, et puis ma grand-mère est morte alors... Alors des fois, je vais le voir, et je m'assois sur ses genoux et je lui fais des câlins, et je lui dis très fort que je l'aime, d'ailleurs je m'habille exprès en robe ce jour-là parce que je sais qu'il aime ça, j'écarte un peu mes jambes et il me tripote en dessous, et puis après, il s'endort. Ça lui fait plaisir à mon grand-père, j'en suis sûre, alors je suis heureuse ces jours-là et je pleure...

« Parce que tu sais, je me sens inutile, oui c'est ça, inutile, je n'ai plus de papa, ma maman est absente tout le temps et mes frères n'en ont rien à foutre de moi, alors je me sens inutile, pour la vie...

Et comme la veille, il y eut le silence, et comme les autres jours, il y eut le bruit léger, le souffle doux des deux respirations.

— Tu m'écoutes toujours monsieur, demanda alors une petite voix au bord des larmes.

— Oui je t'écoute, Justine...

On aurait dit que lui aussi était au bord des larmes.

— Tu sais, hein ! mes parents sont séparés.

Et comme hier, elle raccrocha, subitement.

Quand le téléphone sonna le lendemain, l'homme était assis dans le couloir, comme les autres jours.

Il avait éteint la lumière dans l'appartement, il était pratiquement dans le noir, il pensait que l'obscurité convenait à cette conversation. Il devait avoir la quarantaine, peut-être un peu moins, il n'avait pas d'alliance au doigt. Il était vêtu simplement d'un caleçon blanc trop grand pour lui. Il essayerait sans doute, comme les autres jours, d'imaginer le visage, le corps, le style aussi qui pouvaient coller à cette voix de petite fille, cette voix de la nuit, la voix de Justine.

— Depuis que mon papa est parti à l'hôpital, ma maman, elle va avec d'autres papas... elle fait l'amour avec eux, ça se passe toujours le dimanche, je les ai vus. Ils sont tout nus sur le lit et ils n'arrêtent pas de se toucher et de se caresser, et maman, elle crie souvent, je trouve ça rigolo de les regarder, je me cache derrière la porte et je vois tout et eux, ils ne me voient pas, d'ailleurs ils s'en foutent que je sois là ou pas, ils croient que je dors dans ma chambre.

La voix presque brisée, l'homme dans le noir demanda :

— Et tes frères, qu'est-ce qu'ils pensent de tout ça !

— Mes deux grands frères ? Mais ils s'en foutent aussi et puis ils font la guerre avec les fourmis, répondit simplement la petite fille. Ils bombardent avec du feu toutes les fourmis qu'il y a dans le jardin, alors elles brûlent vivantes sous nos yeux, elles doivent avoir très mal parce qu'elles se tortillent, moi j'aime bien regarder.

« Mes deux frères, ils font ça avec des bouteilles de lait vides, en plastique. Ils les mettent au bout d'un bâton de bois et ils l'enflamment. Après il y a des milliers de gouttes de feu qui tombent sur les fourmis. Mes deux frères ils disent que c'est comme au Viêtnam, les bombardements au napalm, c'est la guerre contre les fourmis. Quand elles reçoivent la pluie de feu, elles courent de tous les côtés, elles essayent de s'échapper, mais c'est impossible ; mes deux frères, ils sont les plus forts. Mais c'est dommage qu'on ne les entende pas crier, les fourmis, parce que ça doit faire très mal. Tu sais si ça crie, les fourmis ? Moi j'aimerais bien les entendre crier.

— Oui, ça crie les fourmis, Justine, mais elles sont tellement petites que tu ne peux pas les entendre, c'est dommage hein !

— Oh oui, c'est dommage.

Et puis en chuchotant elle lui dit encore :

— J'ai envie de coucher avec toi, j'ai envie de faire l'amour avec toi aussi, comme maman et les autres, j'ai envie que l'on soit tout nus tous les deux et que tu me caresses et que tu me touches et que tu aies du plaisir comme maman, oui j'ai envie de ça, j'ai envie de te faire plaisir. Je t'aime et puis de toute façon quand je me déguise en maman, je me masturbe en pensant à toi.

— Tu te quoi ?

Comme les autres jours, à l'heure dite, elle raccrocha.

Et l'homme se retrouva une nouvelle fois seul avec l'appareil dans la main et là il se mit à pleurer, à pleurer fort et à crier aussi, tout seul dans l'appartement sombre, et des larmes glissèrent sur sa bouche et ses lèvres se trempèrent de salive et de larmes. Les sanglots durèrent longtemps encore, et parfois on l'entendait murmurer : « Moi aussi je t'aime, moi aussi... »

Le lendemain à l'heure dite, le téléphone resta muet, l'homme devant l'appareil ne bougeait pas et restait immobile. Cette nuit-là, le téléphone ne sonna pas, cette nuit, ni les deux suivantes, et l'homme devint de plus en plus inquiet, de plus en plus triste aussi.

Justine lui manquait.

La quatrième nuit, à l'heure dite, le téléphone sonna. Il décrocha très vite et demanda, à la différence des autres fois :

— C'est toi Justine, c'est toi ?

Personne ne lui répondit, mais il savait que c'était elle, il le savait, il l'entendait respirer pas loin de lui, tout près de lui, dans son oreille.

Alors il voulut lui dire :

— J'ai envie de te donner des baisers de papillons autour de tes oreilles, autour et dedans comme un petit chat.

— Alors c'est ça, tu veux faire l'amour avec moi ? dit-elle.

— Euh non ! non ! se reprit-il non ! Justine ce n'est pas ça, c'est juste…

Mais elle raccrocha violemment, ou simplement, il ne le saura jamais. Et il se rendit compte qu'il n'aurait pas dû lui dire ça, comme ça. Ce n'était pas ce que Justine attendait de lui.

Et il se mit à penser que tout ça n'était peut-être qu'un rêve, mais il n'en était pas sûr, ce n'était pas sa vie, ce n'était pas la vie d'aujourd'hui ni celle d'hier, ce serait sûrement celle de demain, celle où tout irait bien, où tout serait comme avant…

Près de l'homme assis, dans le couloir, dans le noir, il y avait une petite table de nuit où reposaient délicatement une sorte de garrot en caoutchouc beige, un briquet avec à côté des bouts de coton ; il y avait aussi une petite cuillère sale et dans un verre d'eau trempait, évidemment, une seringue.

VIÊT-NAM GLAM

— La rafale de mitraillette les faucha toutes les trois en un quart de seconde ! ! ! Elles tombèrent pratiquement en même temps, apparemment sans un cri, sur le sable, dans la poussière jaune.

« Elles couraient vite, très vite, quelques temps avant. Elles couraient vers la forêt, par là, au-delà de la plage. Elles avaient beau hurler de peur, de là-haut on ne pouvait les entendre ; et c'était mieux comme ça. Elles hurlaient de peur et voulaient sans doute se réfugier sous les arbres, les prémices de la grande jungle.

« Elles devaient sans doute se laver dans la mer, ou plus exactement dans un petit lagon laissé par la marée. L'eau devait y être plus chaude et encore plus transparente, en tout cas moins profonde. Toute la plage était comme ça, longue et belle, bordée par l'immense forêt tropicale, et juste avant les vagues, les grandes vagues de la mer de Chine, une sorte de barrière naturelle, faite de rochers, donnait naissance, suivant les marées et la force de la mer, à de petits lacs où les indigènes aimaient se baigner ou se laver.

« Elles avaient les cheveux mouillés ; du ciel, on les voyait briller, noirs comme du cirage.

« L'une des trois femmes était nue, elle n'avait pas eu le temps de se rhabiller ; les deux autres, elles, n'avaient pas eu le temps de se déshabiller, ou l'inverse. Elles devaient être très belles, comme toutes les filles de la région, dommage que je n'aie pu les voir de plus près.

« On m'a dit, après, qu'elles étaient très jeunes, treize-quatorze ans à tout casser. Pourtant de là-haut, j'aurais juré qu'elles en avaient dix de plus.

« Remarque, c'est vrai que, d'où j'étais, je ne voyais pas très bien. De toute façon, cela c'est passé si vite. Trop vite.

« Quand on a survolé la plage une première fois, je me rappelle la terrible beauté de l'endroit. Je me rappelle aussi qu'elles ont levé la tête toutes les trois en même temps, mais elles n'ont pas bougé, je m'en souviens très bien, à ce moment-là, elles ne devaient pas avoir peur, ni se douter de quelque chose... Après si, quand après notre demi-tour on s'est mis à piquer sur elles.

« Dans la carlingue, cela faisait un boucan d'enfer, horrible même.

L'homme seul s'arrêta de parler et il y eut alors un silence normal. Il portait un uniforme militaire d'où l'on avait retiré toutes les décorations, tous les écussons, tout ce qui prêtait à identification.

La pièce était petite et sans fenêtre, les murs gris et, évidemment, sales.

Sanglé à sa chaise, il parlait devant un micro posé sur une table de fer. Il y avait trois autres hommes assis face à lui, en uniforme également, mais eux, avec des décorations et des écussons et les signes de leur corps d'armée.

Il y avait peu de lumière, juste une petite lampe allumée au-dessus de l'homme seul qui diffusait une faible lueur bleutée. L'endroit dégageait une profonde tristesse, mais c'était comme ça.

L'un des trois gradés s'adressa alors à l'homme seul.

— Est-ce vous qui aviez décidé cette opération ?

L'homme seul, en face de lui, répondit aussitôt :

— Non ! non, j'avais reçu un ordre formel de mon chef d'escadrille dans mes écouteurs, sur ma radio de bord.

— De quel ordre s'agissait-il ?

— Nettoyage total du lieu.

Quelques secondes de silence, de nouveau, puis un autre officier parla d'un ton presque sévère.

— Bien, et après, vous avez fait un piqué sur ces jeunes filles, et après, vous pouvez préciser ce que vous avez fait ?

L'homme seul enchaîna, visiblement exténué par l'entretien. Ce n'était pas la première fois qu'il racontait son histoire et, à force de la raconter, plus aucune émotion ne marquait son visage. Il parlait d'une voix lasse et monocorde.

— Je crois que j'avais mal à la tête et aussi la nausée, à cause du piqué, même avec l'habitude, vous savez, vous avez l'estomac qui vous remonte au cerveau.

— Oui, nous savons.

— La plage se rapprochait et puis les filles ont dû comprendre très vite, parce qu'elles se sont mises à détaler comme des lapins. Mais ce qui les a perdues, c'est qu'elles ont couru toutes les trois ensemble, dans la même direction, alors dans mon viseur, c'était un jeu d'enfant.

— Un jeu d'enfant ?

— Oui, un vrai jeu d'enfant. Je les ai suivies comme ça, jusqu'au meilleur moment, j'avais, j'avais une drôle de sensation en moi, dans moi, j'avais chaud et froid en même temps, j'étais, j'étais, comment dirais-je… j'étais presque bien…

Quand le film s'arrêta sur le vieil écran usé, le grand amphi résonna d'une huée générale, puis les premiers slogans éclatèrent. On pouvait entendre : PAIX AU VIÊT-NAM, NON ! NON ! NON ! À LA GUERRE, L'AMOUR PAS LA GUERRE, L'AMOUR PAS LA GUERRE, etc., etc.

Les étudiants étaient rassemblés depuis le début de la journée, pour protester contre les nouveaux bombardements intensifs de l'armée américaine sur Hanoï. Ils décidèrent à l'unanimité la grève générale des universités ainsi qu'une manifestation pacifique devant le Pentagone pour l'après-midi.

C'est en regardant le journal télévisé du soir que Keith, le chanteur du groupe à la mode du moment, aperçut les étudiants américains se faire littéralement massacrer à coups de matraque par la police, devant le Pentagone. À cette époque, au début des années 1970, ça ne rigolait pas : le reportage faisait état de deux morts et de plus de deux cents blessés parmi les étudiants.

C'est en regardant ces images que Keith composa son plus grand single à ce jour, il fut numéro 1 dans le monde entier. La chanson parlait bien évidemment du Viêt-nam, de la guerre, des bombardements et du pacifisme de la jeunesse, à ce moment-là, aux États-Unis.

Plus tard, en écoutant la chanson de Keith, en regardant les reportages sur les manifestations pour la paix, les dirigeants politiques du Nord-Viêt-nam pensèrent qu'ils avaient déjà gagné la guerre et même, plus encore, qu'il convenait juste d'être patient.

Bien plus tard, bien après la signature de la paix, plus personne ne parlait du pays, il était comme oublié.

Vingt ans passèrent. John, un jeune étudiant en cinéma, mit la main sur un vieux film dans les archives de son université : un document de l'armée américaine sur l'interrogatoire d'un pilote US, qui, visiblement, avait commis une faute grave.

Il conçut alors l'idée de monter ce film avec les images des étudiants matraqués par la police. Il colla la chanson de Keith par-dessus en guise de bande-son.

Le film passa à la télévision et connut beaucoup de succès.

John imagina d'aller sur place, là-bas au Viêt-nam, pour tourner la suite de son film ; de se rendre sur la fameuse plage que décrivait le pilote dans le vieux document, d'essayer de recueillir les réactions des habitants et, surtout, de montrer ce qu'était devenu le pays bien après la guerre, étant donné que personne ne s'y était rendu depuis.

L'étudiant eut beaucoup de mal à obtenir les autorisations mais, après quelques mois, le film fut achevé et il obtint, lui aussi, un énorme succès.

Petit à petit, on se remettait à parler du Viêt-nam.

Bob, un promoteur réputé, avait vu les deux films avec beaucoup d'intérêt. Inspiré ce jour-là, il décida d'organiser des voyages touristiques dans le pays en question : il pourrait ainsi toucher une clientèle large et nostalgique, faite d'anciens vétérans de la guerre et de la paix.

Après des mois et des mois de négociations avec les autorités vietnamiennes, le premier voyage fut enfin organisé. Il obtint aussi un succès considérable. Il réunissait d'anciens étudiants et manifestants du Pentagone et, bien sûr, d'anciens soldats de l'armée américaine. Tout le monde s'entendit à merveille et l'on revint enchanté du voyage.

Comme la presse parla abondamment de cet événement, il y eut beaucoup, beaucoup d'autres voyages organisés. Alors, là-bas, le gouvernement vietnamien décida lui aussi de faire quelque chose et il fit construire des hôtels de luxe pour sa clientèle américaine.

Le premier qui s'ouvrit s'élevait sur cette fameuse plage, d'il y a vingt-cinq ans.

De partout des industriels américains débarquèrent au Viêt-nam pour investir et s'implanter. Très vite on put trouver du Coca-Cola sur place et les premiers McDonald's ouvrirent dans les deux capitales historiques du pays.

On parlait de plus en plus du projet de Walt Disney concernant l'ouverture d'un parc d'attractions vers les plaines de Kao-Bang.

L'homme seul se retrouva dans un vieil avion de son époque. Il l'avait dérobé au musée de la guerre d'Ho-

Chi-Minh-Ville, sans aucun problème. Plus personne ne s'intéressait à ces vestiges. Comme le musée donnait sur une vieille piste d'aérodrome inutilisée, cela fut un vrai jeu d'enfant. Il s'était échappé de l'asile psychiatrique depuis plus d'un an, personne non plus ne s'était mis à sa recherche. Il y avait été interné pendant plus de vingt-cinq ans, depuis cette « fameuse » mission de la dernière guerre du Viêt-nam. On lui avait dit qu'il avait commis une erreur grave ; il n'avait toujours pas compris de quelle erreur il s'agissait.

Alors, après avoir passé toutes ces années à ruminer dans sa tête cette « erreur grave », il décida de retourner sur le lieu de sa dernière mission, là-bas sur la plage, pour comprendre enfin.

Il n'a eu aucun mal à retrouver la bonne direction. Dans son viseur, il y avait beaucoup plus de monde que la dernière fois, on se serait cru sur une plage de Floride. La jungle avait quasiment disparu, laissant place à de grands immeubles blancs. De là-haut, on apercevait des piscines immenses, et sur la plage s'éparpillaient des milliers de taches multicolores ; l'homme seul comprit après que c'étaient des parasols, en tout cas, il les identifia comme tels dans son viseur. C'est à ce moment-là qu'il entendit dans ses écouteurs son chef d'escadrille lui hurler :

— NETTOYAGE TOTAL DU LIEU... NETTOYAGE TOTAL DU LIEU.

L'ASCENSEUR SANS RETOUR

Dès qu'il entra dans le hall de l'hôtel Sheraton de Bruxelles, il fut d'abord agréablement surpris par la fraîcheur de la climatisation.

Ce 10 juillet, dans la capitale belge, on devait battre le record de chaleur du siècle. 40 degrés sous abri, minimum. En revanche, l'agitation extrême qui régnait à l'intérieur, dans l'immense entrée de l'hôtel, le déconcerta. Ça cavalait dans tous les sens : devant les ascenseurs, dans le lobby, autour de la réception, des centaines de personnes en survêtement de sport, de toutes tailles, de toutes les couleurs et de toutes épaisseurs ; l'hôtel était rempli de sportifs : Noirs, Indiens, Chinois, Japonais, Européens…, des minuscules, des gigantesques, des maigrelets, des lourdauds, des costauds. Bref, ça sentait le grand meeting sportif international. Un championnat du monde d'athlétisme, une bizarrerie du genre, mais lui, il n'en avait rien à faire.

Sa valise à la main, il rejoignit la queue des Japonais (ou des Chinois) qui attendaient sagement leur tour devant la réception.

Il avait pris deux jours à Bruxelles pour rencontrer son éditeur belge et signer le contrat d'exclusivité qui permettrait enfin de diffuser ses livres en Belgique.

À trente-deux ans, après deux romans et autant de succès d'estime, il apparaissait comme un jeune espoir de la littérature française.

Au bout de dix bonnes minutes d'attente derrière l'équipe des Jaunes, il se retrouva enfin face au réceptionniste. Il déclina son identité tout en présentant le fax de sa réservation. L'employé transpirait anormalement et ses mains tremblaient sur le clavier de l'ordinateur… Pourtant, à ce qu'il semblait, les Japonais avaient été très courtois. En tout cas, l'employé, qui paraissait légèrement surmené, s'adressa à lui poliment.

— Bonjour, monsieur Kiss… Je suis désolé mais j'ai une mauvaise nouvelle : il ne me reste plus qu'une chambre au 33ᵉ étage.

— Mais, comment ça ? J'avais justement précisé dans ma réservation, là, sur mon fax…

Et il montra à l'employé des mots soulignés trois fois sur la feuille de télécopie.

—… Une chambre pas plus élevée que le 6ᵉ étage.

Le réceptionniste, de plus en plus aimable :

— Oui je sais, monsieur Kiss nous sommes vraiment désolés, mais l'hôtel est complet car nous avons le championnat du monde d'athlétisme ici à Bruxelles et nous avons dû accueillir toutes les délégations qui, malheureusement, sont plus nombreuses que prévu, et…

— Mais j'en ai rien à foutre moi du championnat d'athlétisme, vous m'avez confirmé ma réservation, je ne veux pas aller au 33ᵉ étage, je ne veux pas… J'ai des angoisses, l'altitude… vous comprenez ?

C'était à lui de transpirer à présent. Et il continuait d'agiter son fax devant la tête du réceptionniste.

— Vous comprenez ? J'ai le vertige… rien qu'en haut d'un trottoir, j'ai le vertige.

Et de plus en plus énervé :

— Oh, et puis débrouillez-vous ! Trouvez-moi impérativement une chambre entre le 1ᵉʳ et le 6ᵉ étage !

L'employé, malgré la sueur sur son front et la situation, demeurait calme, un modèle de courtoisie.

— Mais monsieur Kiss, du 1ᵉʳ au 4ᵉ, ce sont les bureaux et les salles de réunion, avec nos restaurants et le Fitness Center, et aux 5e et 6e étages nous avons placé la délégation chinoise entière. Les entraîneurs et l'équipe au grand complet ; toutes les chambres sont prises. De plus il fallait absolument plus de dix étages d'écart entre eux et les Russes, pour des raisons diplomatiques...

Le réceptionniste s'adressa brusquement à lui sur le ton de la confidence, en chuchotant presque.

—... Vous ne pouvez pas vous imaginer monsieur Kiss. La répartition de tous ces sportifs, ç'a été tout un bazar, un véritable casse-tête chinois. Beaucoup de pays ont des relations extrêmement tendues entre eux, politiquement, je veux dire. Par exemple, je ne vous parle pas des équipes serbe, croate et bosniaque... plus de quinze étages de différence entre chacune d'elles... pourtant il y a deux ans, ils étaient tous du même pays. Je ne peux rien faire, je suis désolé, la seule chambre qui me reste est la 3368, au 33e étage. Mais vous verrez, vous êtes avec l'équipe du Sri Lanka, des gens charmants et très calmes, et puis l'équipe de l'Inde avec les Tamouls est au 20e, il n'y a aucun risque.

Surpris par le ton du réceptionniste, il mit quelques secondes à réagir.

— Mais c'est impossible, bon dieu ! J'ai des angoisses quand je suis à plus de vingt mètres du sol, vous me comprenez ?

C'était à lui d'adopter un ton plus confidentiel.

— Vous me comprenez ? Je ne prends jamais l'avion... Alors arrangez-vous, enfin ! ou alors trouvez-moi un autre hôtel en ville, ce n'est pas possible, quoi !

Son début de panique n'impressionna pas plus que ça le réceptionniste, un poil agacé, à bout de souffle, de nerfs et d'arguments. D'un air las, celui-ci ajouta :

— Monsieur Kiss, tous les hôtels de la capitale sont archi-complets. Je vous renouvelle encore une fois mes excuses mais je vous demande maintenant de vous décider rapidement car j'ai malheureusement pour votre chambre une liste d'attente assez longue.

C'était le bouquet. Il ressentit alors d'un coup une énorme fatigue... Il voyait bien que ce n'était plus la peine d'insister et, dépité, il accepta de prendre la chambre du 33e avec les Sri Lankais. Résigné, il était résigné – ne pouvant reporter son rendez-vous bruxellois – à supporter l'effervescence de l'hôtel, ces va-et-vient permanents et son lit à quelque cent mètres au-dessus du sol, quelque chose qui pouvait s'apparenter de près à une situation invivable. De plus, l'idée même de sortir avec sa valise et de se retrouver dans la chaleur atroce de la ville l'emballait encore moins.

Le contact rassurant de sa boîte d'anxiolytiques, dans sa poche de veste, contribua à l'apaiser un peu. Sans eux, il lui serait absolument impossible de survivre ici, de dormir là-haut, fût-ce pour ce court séjour, prévu hélas ! de longue date.

Il prit la clé magnétique de sa chambre et se dirigea vers les ascenseurs, légèrement abattu.

Ceux-ci étaient littéralement pris d'assaut, il y en avait huit qui fonctionnaient, apparemment sans interruption. Au-dessus de chacun d'eux, c'était comme un ballet psychédélique de petites lumières indiquant les trente-six étages et les quatre sous-sols et la situation des ascenseurs éparpillés entre tous les étages. Cela faisait 320 lumières qui clignotaient continuellement sans bruit et dans le désordre, une sorte de loto géant comme dans un casino, et cela lui tournait la tête.

Il dut attendre plus de dix minutes pour en prendre un qui eût un quota de passagers acceptable. Claustrophobe et agoraphobe de naissance, enfermé à plus de dix dans ce cercueil métallique pendu par un câble, juste un câble, il avait largement de quoi se faire du souci.

Dieu merci, le trajet entre le rez-de-chaussée et le 33e étage ne dura que treize secondes. Le Sheraton était l'un des hôtels les plus modernes de Bruxelles.

Sitôt dans sa chambre, il se précipita vers la fenêtre et ferma les rideaux d'un geste sec – surtout ne rien entr'apercevoir de la hauteur où il se trouvait.

Il posa sa valise sur son lit, alluma la télé et ouvrit son minibar. Il but d'un trait la bouteille d'Évian glacée, puis un Coca et aussi une flasque de vodka. Il avait une heure avant son rendez-vous, juste en face de l'hôtel ; il décida de prendre une douche bien froide.

Après quoi, il sortit de sa valise un bermuda blanc, un tee-shirt blanc et des tennis blanches, sa tenue d'été préférée, parfaite pour la chaleur de la ville. Il s'habilla rapidement et s'allongea sur le lit en attendant l'heure de son rendez-vous.

À son étage, tout était calme, effectivement. Quand il sortit de sa chambre en direction des ascenseurs, il ne croisa personne, pas même un Sri Lankais. Sur les murs, la danse des lumières clignotantes rappelait l'intensité du trafic. Il appuya sur le bouton d'appel. Quelques longues minutes plus tard, une porte s'ouvrit sans bruit. Il n'y avait qu'une personne à l'intérieur de la cabine, ce qui le réjouit. Le bouton « 0 », celui du lobby, étant déjà allumé, il s'adossa au fond de l'ascenseur. À ses côtés se tenait un homme deux fois plus grand que lui, peut-être américain, maigre et barbu, assez athlétique. Il tenait dans sa main droite une sorte de grande lance dans un étui hermétique en plastique, probablement un javelot ou alors une perche de saut... de saut à la perche...

Les numéros des étages sur le panneau électrique s'allumaient et s'éteignaient au fur et à mesure de la descente.

On a toujours l'air con dans un ascenseur quand on est plusieurs... On a vraiment l'air con, et en plus on est assez mal à l'aise. Confinés dans cet espace réduit, on ne se dit rien, on regarde partout sauf ses compagnons de trajet, la porte par exemple, les numéros qui défilent, ou ses pieds. En l'occurrence, il contemplait ses nouvelles tennis blanches, tandis que le perchiste stoïque admirait la porte.

Il n'avait pas mis de chaussettes, mais comme il n'était pas poilu des jambes il trouvait que cela lui allait très bien. Par-dessus son tee-shirt d'un blanc impeccable il portait son pull-over léger, bleu ciel, sur les épaules… Il n'avait aucun doute, il se trouvait très chic.

Un petit à-coup sec le fit sursauter et l'arracha à ses pensées. L'ascenseur avait fait, semble-t-il, une légère embardée. C'était entre le 5ᵉ et le 4ᵉ étage. Une vague de chaleur lui zébra le dos ; le perchiste, lui, restait de marbre. Entre le 3ᵉ et le 2ᵉ étage il sentit une nouvelle petite embardée ainsi qu'une nouvelle montée de chaleur, qui lui grimpa cette fois à la tête. L'angoisse l'étreignit.

Entre le 2ᵉ et le rez-de-chaussée, il récita une prière : « Pourvu que ce ne soit rien, mon dieu, faites qu'on arrive, faites que la porte s'ouvre, par pitié. » Au numéro 0, l'ascenseur s'immobilisa en douceur. Un soulagement incommensurable l'envahit.

« Comment peut-on être si stupide, si angoissé… ? » et il attendit l'ouverture de la porte.

Jovial, il sourit bêtement au perchiste qui n'avait pas bronché de tout le voyage et qui, lui aussi, fixait toujours la porte, laquelle ne s'ouvrait toujours pas. Au bout de quinze secondes, il commença à s'impatienter, tapotant ses belles tennis blanches contre le sol métallique. La porte restait close, l'ascenseur ne bougeait pas et l'on ne distinguait aucun bruit à l'extérieur. Une grande minute passa, dans le silence de l'attente, un silence qui le replongea dans son angoisse.

Et si la porte était coincée ? Et si personne ne s'en apercevait dehors ? Rien ne bougeait, rien ne se passait encore et il sentit en lui la panique l'envahir de nouveau.

Il faisait chaud dans cet ascenseur et malgré sa tenue d'été, son bermuda… il se mit à transpirer, d'abord du nez, puis du dos. C'est alors que le perchiste s'adressa à lui, dans un langage proche de l'incompréhensible, un Australien sans aucun doute : il lui montrait la porte, le bouton « 0 » allumé, et petit à petit il semblait s'énerver lui aussi. Puis, tout en baragouinant, il tapa d'un grand coup de pied sur la porte métallique. Un vrai sauvage.

Un bruit sourd et pénible résonna dans toute la cabine mais rien ne se passa. Il commença à manquer d'air. Il devait avoir un début de crise d'angoisse ou de spasmophilie. La porte était visiblement coincée et bien sûr de l'autre côté personne ne pouvait les entendre. De toute façon, ils n'avaient pas encore hurlé. Tout ce qu'il avait redouté dans un ascenseur se passait là, maintenant, ici, avec lui comme principal acteur. Il appuya au hasard sur le bouton d'un autre étage mais pas celui de l'alarme, histoire de faire avancer les choses plus rapidement. Sa main toucha nerveusement le bouton du 4e sous-sol et… aussitôt l'ascenseur se mit en branle avec une petite secousse.

C'était déjà ça, la machine marchait toujours, et son compagnon perchiste le regarda en lui disant « OK, OK, » plusieurs fois. Lui, il avait bien l'intention de quitter au plus vite cet engin de merde, de prendre l'escalier de secours et de remonter à pied au rez-de-chaussée – pour peu que la porte consente à s'ouvrir. Et, miracle ! quelques instants plus tard, la porte s'ouvrit effectivement au 4e sous-sol.

Un petit air frais envahit alors la cabine, un petit air frais gracieux et doux. Sûr de lui, sans aucun état d'âme, il sortit très vite de l'ascenseur, un peu comme une fuite, en se retournant vers le perchiste qui le regardait étonné. Apparemment, grimper quatre étages à pied ne lui disait rien. L'Australien spéculait sur un retour normal de l'appareil.

Une fois dehors, il salua de la main son collègue d'infortune, pas mécontent du tout d'être sorti de cette boîte de malheur. Le perchiste lui rendit la politesse et appuya sur un des boutons. Les portes se refermèrent doucement. Et plus elles se refermaient, plus la lumière du sous-sol diminuait – mais il ne s'en aperçut qu'après : quand les portes furent définitivement fermées. Alors ce fut le néant, le néant incroyable. Il resta cloué, immobile, sans savoir quoi faire, regardant dans la direction de la lumière qui n'existait plus, avec son bras levé qui continuait à saluer dans le vide.

Il se trouvait maintenant dans l'inconnu, totalement dans le noir, le trou noir, il ne voyait rien, strictement rien, aveugle dans les ténèbres, c'était l'horreur ! la mort, le rien ; un peu comme si l'on se réveillait dans son cercueil. Il n'y avait aucune lumière même de secours dans ce sous-sol, aucune source de clarté même infime, cet étage semblait condamné, un endroit où personne ne devait aller. Il recula d'un pas, mais s'arrêta net...

« Il ne faut pas que je m'éloigne d'ici, car c'est d'ici que les ascenseurs partent et arrivent », et comme plus loin, à gauche, à droite, au-dessus ou au-dessous, à ses pieds, il ne voyait rien, donc ne savait absolument pas ce qu'il y avait, il pouvait très bien se perdre et ne plus retrouver l'emplacement des ascenseurs. Il pouvait tomber dans un trou, se heurter la tête contre un mur... l'horreur. Il y avait là maintenant tous les ingrédients de la rencontre avec la peur, la terrifiante angoisse, celle qui vous glace et vous brûle à la fois, celle qui vous fait perdre votre normalité. La peur de ne jamais revoir la vie, ou le jour. La peur de terminer sa vie, ses jours, là, enterré dans le 4e sous-sol d'un grand hôtel belge. D'ici à un mois ou un an, une équipe de nettoyage, à cause de l'odeur, découvrirait un squelette à moitié décomposé avec des tennis blanches aux pieds, un cadavre non identifié, dévoré par les rats... son cadavre, et même pas un entrefilet dans les journaux...

La mort serait horrible, la faim, la soif, tout ce qu'il imaginait, ce qu'il pouvait redouter, lui arrivait, en vrai, et ce n'était pas un rêve ni un cauchemar, c'était vrai.

Le fait de ne rien voir du tout, d'être comme dans un trou noir, perturbait son équilibre, il ne se voyait même pas ; il mit sa main devant lui, devant son visage… Il n'en sentit que le geste, il n'existait plus ou pas, en tout cas visuellement, et c'était la plus horrible des sensations, comme Jodie Foster dans *Le Silence des agneaux*. Celle que peuvent vivre les personnes devenues aveugles par accident ou maladie, une terreur tant redoutée.

« Bon, il faut que je garde mon sang-froid, ne pas céder à la panique… Il faut que je raisonne. » Il osa un petit cri :

— Oh là ! il y a quelqu'un ?

Il n'entendit que l'écho de sa voix comme unique réponse. Le 4ᵉ sous-sol devait être très vaste.

— Au secours ! À l'aide ! hurla-t-il.

Même l'écho lui renvoyait la peur dans sa voix.

Et là ce fut la panique.

« Mais pourquoi je suis sorti de cet ascenseur, merde ! pourquoi ici, pourquoi cette malédiction, cette situation, qu'est-ce que j'ai fait pour être ici ? » Il fouilla ses poches avec peu d'espoir et n'y trouva que la carte de sa chambre. « Pourquoi ai-je arrêté de fumer ?…. au moins j'aurais eu un briquet sur moi. Et un peu de lumière, en tout cas la clarté de la vie. »

Il était toujours debout, n'osant bouger, toujours immobile, depuis longtemps maintenant, trop longtemps. La situation semblait désespérée, sans issue.

« Je vais crever là comme un rat, comme un con, une mort stupide, totalement idiote, sans aucun panache. »

Survivre dans le noir était sa principale préoccupation, survivre et réfléchir calmement. Il n'entendait plus alors que le battement ultrarapide de son cœur qui résonnait en lui, car en plus du noir intégral, c'était le silence complet dans le sous-sol, pas un bruit, pas un son, rien… Et tout d'un coup, peut-être un espoir : si les ascenseurs descendaient ici, forcément ils remontaient aussi et il devait y avoir logiquement un bouton d'appel, comme à n'importe quel autre étage. Ce bouton-là, c'était lui qu'il fallait trouver coûte que coûte. Il tendit ses bras devant lui, rien, il ne touchait rien, il fit un demi-tour complet sur lui-même ou tout au moins le pensait-il, et se rendit compte qu'il ne pouvait plus connaître maintenant la direction de l'ascenseur qui l'avait déposé. Il y avait 360 degrés de solutions autour de lui, autant dire qu'aveugle comme il l'était, cela allait être très difficile à trouver... À moins que la chance... Il décida judicieusement de faire une spirale à l'envers avec son corps et ses mains droit devant et normalement le cercle qu'il tracerait aboutirait logiquement à un mur et au bouton d'un des huit ascenseurs – s'il existait.

Et, en piétinant, il commença lentement un tour, un petit tour, puis deux, puis un troisième plus large et là ses mains frôlèrent de la pierre froide : le mur en béton. Très excité, mais en nage, il dirigea ses bras et ses mains vers la paroi et s'accroupit. Il tâtonna de bas en haut, de droite à gauche... Rien pour l'instant, il n'y avait que le mur. Alors il tâtonna encore et encore, en remontant tout doucement, très doucement, il avait d'ailleurs pris le réflexe des aveugles, c'est-à-dire la tête vers le haut, les mains vers le bas, comme Stevie Wonder.

Et puis... quelque chose de différent au toucher se dessinait autour de ses doigts, il devina sans problème le bouton d'appel, ou peut-être une minuterie quelconque. Il appuya dessus et là, miracle ! Tous les dieux du monde réunis avaient eu pitié de lui et décidaient de le sauver, eux en haut, lui en bas.

Une lumière, une faible lumière s'alluma sous ses doigts comme par magie, il voyait sa main de nouveau, ses doigts, il existait. Il avait appelé un ascenseur, il avait appelé la vie. C'était quand même une toute petite lumière, il ne distinguait pas grand-chose de l'endroit où il se trouvait, il put juste entr'apercevoir ses tennis blanches devenues sales. Le 4e sous-sol devait être un endroit très poussiéreux.

Alors il attendit l'arrivée probable de l'engin, le bout du tunnel qui allait de nouveau le conduire à la réalité, au soleil, à la lumière… au paradis. Il attendit et les minutes qui passaient maintenant étaient sûrement les plus longues de sa vie. Un petit bruit familier se fit entendre et l'avertit de l'arrivée imminente d'un ascenseur. Une joie, une immense joie le gagna, le bonheur, le vrai bonheur, c'était donc ça, la vie, la vraie vie. Et que la vie est belle, se dit-il quand, un peu sur sa gauche, les portes d'un ascenseur s'ouvrirent et l'illuminèrent comme les portes du paradis, l'image de la Genèse, l'entrée de l'Éden…

Il fut un moment ébloui comme un spéléologue sortant de son trou et il aperçut deux sublimes jeunes femmes noires, très belles, dans la cabine ; deux déesses en survêtement descendues du ciel et venues le chercher.

Quand les deux jeunes femmes noires le découvrirent sortant de la nuit, elles poussèrent un hurlement d'effroi déchirant qui résonna dans tout le sous-sol. Le visage en sueur, plein de poussière noire comme un charbonnier, les yeux hallucinés, ses vêtements blancs sales et déchirés, les cheveux hirsutes, on aurait cru un zombie, un mort vivant sortant des ténèbres.

L'une des jeunes femmes se précipita aussitôt sur le bouton de fermeture automatique des portes ; l'autre, en hurlant, rejeta violemment par un coup de pied M. Kiss qui essayait d'entrer en souriant… Il tomba sur les fesses, par terre, en dehors de l'ascenseur. Éberlué, le souffle coupé, il eut juste le temps de voir les portes de la cabine se refermer et la lumière disparaître. Il tendit la main en un ultime sursaut vers l'ascenseur, mais le néant l'avala de nouveau.

CHET BAKER

— Et je propose qu'en hommage à Chet Baker nous jetions par la fenêtre la chaîne hi-fi, ainsi que tous ses disques un par un.

Et tout le monde se mit à hurler et à sauter de joie...

La soirée avait pourtant débuté normalement.

C'était peut-être le moment de partir. En douce.

L'homme qui venait d'annoncer cet « hommage » s'appelait Frédéric, il ne le connaissait pas juste avant d'arriver, quelques heures plus tôt, dans l'appartement de Louise. Louise, c'était la maîtresse des lieux, l'organisatrice de cette « petite sauterie » entre amis à laquelle il regrettait maintenant d'avoir accepté de se rendre ce matin même.

Généralement, chaque fois qu'on l'invitait à ce genre de party réunissant toute la bonne société de la ville, il refusait. Il ne s'y sentait pas bien, traumatisé depuis toujours, depuis l'âge de seize ans, par le film de Luis Buñuel : *L'Ange exterminateur*, qu'il avait vu chez lui un soir, en l'absence de ses parents, après avoir pris du LSD. Il y avait maintenant plus de vingt ans.

Une histoire terrifiante : dans une réception, les invités, au fur et à mesure de la soirée, tentent de quitter la demeure où ils se trouvent, sans y arriver. Aucune explication rationnelle n'est donnée, et cela dure plusieurs jours et plusieurs nuits, ce qui provoque des situations d'hystérie collective, des scènes violentes, bref, un véritable cauchemar.

Ce film l'avait tellement marqué qu'il avait développé en lui une réelle psychose et l'analyse qu'il suivait depuis lui coûtait du temps et de l'argent. Beaucoup trop.

Pour l'instant, les résultats n'étaient guère probants, encore qu'il avait remarqué une nette amélioration dans ses rapports quotidiens avec son entourage. Lui qui se trouvait toujours un peu trop introverti et agoraphobe à son goût, pour son âge et sa profession.

Journaliste au talent reconnu dans un grand journal du soir, il s'était installé avec sa femme à Bordeaux, quelques années plus tôt, au moment de sa nomination comme rédacteur principal de l'édition régionale du quotidien.

Parisien depuis toujours, son arrivée dans une ville de province ne s'était pas faite sans mal ; mais rapidement, le calme et la tranquillité de cette vie nouvelle lui plurent énormément, et il s'y était habitué très vite, plus que sa femme en tout cas.

Son unique problème était qu'en tant que correspondant d'un grand quotidien de la capitale, on le sollicitait sans arrêt, on le conviait à de multiples invitations, qui allaient de l'inauguration d'une galerie d'art à des dîners officiels avec le maire ou encore des réceptions ou des soirées dont Bordeaux raffolait.

Visiblement, la ville pétait l'ennui et le Gotha se réunissait aussi souvent qu'il le pouvait. Souvent il se désistait mais parfois cela lui était difficile, alors, il s'arrangeait pour ne faire qu'une courte apparition. Une demi-heure lui semblait largement suffisante pour ce genre d'exercice.

Louise, elle, était l'égérie de la nuit bordelaise. Chaque semaine le tout-Bordeaux se retrouvait chez elle, ainsi que les artistes renommés de passage. C'était une belle femme qui ne faisait pas ses quarante ans. Elle était célibataire, assez masculine d'aspect, mais pourtant très séduisante. Elle vivait de rentes à l'origine secrète, dans un sublime et immense appartement de la vieille ville, au dernier étage d'un immeuble art-déco d'où l'on dominait tout Bordeaux.

Plusieurs fois, il avait décliné ses invitations, mais comme il n'était pas insensible au charme de Louise, il s'y rendait parfois, jamais bien longtemps.

Ces temps-ci, il se sentait un peu mieux, alors il avait décidé d'y aller ce soir. Il fut d'abord frappé par la grande confusion qui régnait dans l'appartement. Pourtant, ils n'étaient guère qu'une dizaine à s'être déplacés cette nuit-là. La grande confusion des genres, comme à l'habitude chez Louise. Il arrivait toujours en retard pour éviter ainsi qu'on ne le présente aux autres invités, préférant nettement la discrétion, regarder plutôt que de se faire voir.

Louise avait apparemment un peu bu car, quand elle l'embrassa pour lui souhaiter la bienvenue, elle lui parla très doucement à l'oreille, ses lèvres pratiquement posées sur son lobe en l'appelant son « minou », et c'était bien la première fois. En lui prenant la main, elle lui disait que tous les gens présents aujourd'hui étaient « remarquables » et « formidables », avec sa voix un peu snob. Elle se proposa de les lui présenter.

Il insista pour refuser. Sans succès.

Pour l'instant, les invités semblaient dispersés dans le grand appartement, quelques-uns dans la cuisine bavardaient, d'autres se tenaient dans le salon.

Dans cette pièce magnifique, il faisait assez sombre. On avait posé sur toutes les lampes des foulards bleus et orange, ce qui donnait une espèce d'éclairage tamisé et pâle, assez déprimant.

Déprimant aussi, ce que les deux groupes d'invités écoutaient simultanément : deux sortes de musique totalement différentes et assourdissantes. Pour celui de la cuisine, c'était le *Requiem* de Mozart, « il fait beau, allons au cimetière », se rappela-t-il ; pour celui du salon : du jazz moderne. Cet afflux de notes, surtout ces quintes se chevauchant, éclatait dans l'appartement dans une sorte de cacophonie immonde, un si bel appartement.

Il détestait ça et quand Louise le prit par le bras pour lui présenter les parasites du salon, il lui dit très vite qu'il n'avait pas trop le temps de rester ce soir, inventa une édition spéciale à préparer pour le lendemain : pas plus d'une demi-heure, lui dit-il.

Sur la grande table de séjour se trouvait le buffet, énorme, bien garni et très appétissant avec ses petits fours. Les invités s'y attardaient souvent. Planté à côté de la table, un type paradait en pantalon de cuir et chemise blanche, avec une queue de cheval qui maintenait ses cheveux gris. Il avait une quarantaine d'années, sans aucun doute homosexuel. Il s'appelait Paolo, photographe de mode, et parlait de lui à la troisième personne du féminin singulier. Il se présenta d'ailleurs à lui en tant que princesse vénitienne ; « elle » avait effectivement l'accent italien. « Elle » était accompagné de trois filles pas mal du tout, certainement des mannequins de passage, amies et modèles du photographe. Les trois sirènes étaient assez jeunes, habillées à la mode, cheveux courts et cheveux longs ; suédoises ou allemandes.

La panoplie adéquate, remarqua-t-il. Elles ne parlaient qu'entre elles, dans une langue indéfinissable, et semblaient beaucoup s'amuser avec Paolo, ou Paola.

Près de la cheminée, à côté de la chaîne hi-fi, un homme et une femme dans la trentaine discutaient à propos du contenu de la discothèque de la maison. Louise le poussa vers eux. La femme s'appelait Clara. Actrice de théâtre assez connue, elle jouait en ce moment *Richard III* au théâtre du Port de la Lune. Un physique pas très intéressant, mais peut-être juste ce qu'il fallait de charisme pour réussir dans son métier.

Frédéric, l'homme, était son frère. Il se prétendait écrivain et musicien. Jamais il ne quittait sa sœur une seconde, lui fit remarquer Louise. Frédéric lui demanda s'il aimait le jazz. Il lui répondit par la négative, d'un ton sec. Cela esquiverait toute conversation.

Le frère de Clara, grand, habillé d'un costume noir étriqué, les cheveux courts et précocement gris, avait surtout un regard intense, un peu halluciné. Un peu croque-mort, en moins drôle.

Éparpillés dans le salon, il y avait encore le metteur en scène de la pièce de Clara, accompagné de son « jeune » ami qui se goinfrait de petits fours ; un confrère d'un quotidien concurrent, avec sa femme, en grande conversation au côté d'un des plus grands propriétaires de vignobles de la région.

Il les salua d'un petit signe de tête.

Louise lui présenta encore deux femmes dont il ne retint pas les noms à cause du vacarme de la musique ; elles n'avaient de toute façon aucun intérêt. Tout comme les autres créatures qui se trouvaient dans la cuisine, baignant dans leur *Requiem* de Mozart. Il ne les connaissait pas, il ne les avait jamais vues et s'en foutait complètement.

Quand Louise voulut l'entraîner pour les lui présenter, il la laissa partir devant et retourna vers le buffet : le champagne était pour l'instant son unique plaisir de la soirée, comme celui d'observer, sous toutes les coutures, les futurs top models.

Il s'assit sur un des canapés et se servit une coupe quand s'approcha Frédéric, l'écrivain incestueux. Celui-ci se glissa très près de lui pour lui parler.

— Elle est belle ma sœur, lui dit-il, regardant Clara en pleine méditation devant la cheminée.

— Euh ! oui, oui, approuva-t-il pour éviter tout problème.

Frédéric enchaîna :

— Cela fait trente-cinq ans que l'on est ensemble et on ne s'est jamais quittés.

Il regarda Frédéric d'un air dépité, en s'allumant une cigarette.

— Quand elle joue en province, je la suis partout. Vous savez, nous dormons dans la même chambre.

Eh oui ! il était tombé sur le fêlé de service.

— Au bout de trente-cinq ans, c'est normal, lui répondit-il en tirant une grande bouffée sur sa Camel.

Pourquoi ce Frédéric lui parlait-il de sa sœur et pourquoi à lui, seulement à lui ?

Pour changer de sujet, il proposa alors un peu de champagne, ce que Frédéric accepta avec enthousiasme. Et alors, à son plus grand désarroi, le frère de Clara se mit à parler, à parler beaucoup, de tout et de rien sans interruption, et à boire, beaucoup et sans interruption.

Lui ne l'écoutait pas vraiment, mi-résigné mi-agacé. Frédéric parlait maintenant littérature, de Mallarmé, que l'on n'avait jamais fait aussi fort dans la langue française depuis toujours, que c'était un génie. Puis il parla de musique électroacoustique, de musique expérimentale en quelque sorte et de l'adaptation de nos cerveaux à ces nouveaux sons. Petit à petit, des invités se rapprochèrent pour écouter leur conversation, enfin, surtout celle de Frédéric.

Il est vrai qu'il avait une personnalité étrangement attirante. Il est vrai aussi qu'il avait un timbre de voix assez fascinant, malgré son physique banal. Ce qui était attirant d'ailleurs chez lui, c'était sa voix. Une voix chaude, un peu envoûtante, dansante, un peu comme cette actrice, Delphine Seyrig, en plus grave. C'était ça, Frédéric avait la voix de Delphine Seyrig « homme ». Il avait la dialectique habile et charmeuse.

Clara puis Louise avaient maintenant rejoint le groupe d'invités agglutinés autour de lui et de Frédéric et du canapé, ce qui l'empêchait de bouger. Les top models qui ne comprenaient rien à la conversation se faisaient traduire les propos par Paolo-Paola, ce qui ajoutait à la confusion générale. Ils étaient alors, tous les deux, devenus l'attraction du moment ; cela ne pouvait pas tomber plus mal. À présent, Frédéric parlait d'un son étrange qu'il avait entendu un soir, en se promenant dans la forêt, un son incroyable, cria-t-il presque, celui du bruit que l'herbe fait quand elle se met à pousser, lentement. Il était resté, paraît-il, des heures à l'écouter, la tête posée contre la terre, et voulait absolument l'enregistrer avec un magnétophone ultrasensible, pour, plus tard, en faire un « opéra acoustique et muet ».

Tous les invités semblaient captivés par ses histoires. Louise, en ouvrant une énième bouteille de champagne, ajouta qu'elle aussi avait entendu un jour un son fantastique, pas loin d'ici, près de l'océan, dans les bassins à huîtres, quand la marée est montante, elle le jurait, un petit son aigu, pas très fort, à peine audible, comme le cri d'une petite souris, mais en continu. Pour Louise, c'étaient les huîtres qui se plaignaient de la marée, de cette nouvelle arrivée d'eau froide.

Et Paolo-Paola, la princesse vénitienne, se mit à hurler à tout le monde :

— Ma oui ! ma oui ! les coquillages parlent, ils parlent comme nous tous !

Et tous de raconter à présent leurs propres expériences de sons étranges entendus ici ou là. Entre ces conversations multiples, en français, en italien, en suédois : le *Requiem* de Mozart à fond, du fond de l'appartement et un disque de Prince que venait de mettre une des top models ; il crut se trouver mal, il n'entendait plus rien et ne voulait écouter plus personne.

Ce qui le retint de partir à ce moment-là, c'étaient les sublimes mignardises posées en face de lui sur la table, plus appétissantes que jamais. Chez Louise, on était habitué au meilleur traiteur de la région.

Oubliant son début d'ulcère et ces imbéciles d'invités, il commença à déguster tranquillement les gâteaux en jetant un œil de temps en temps sur une des models en train de danser.

Elle essayait sans doute d'imiter les déhanchements de Prince ; elle se débrouillait... comme une savate mais cela restait agréable à regarder. La pauvre ! c'était pourtant la plus jolie des trois, la mieux habillée aussi, mais plantée là, seule, à gesticuler au milieu du salon, elle avait plutôt l'air d'une idiote. Encore plus idiote quand Frédéric arrêta la musique brusquement.

Subitement, la fille se figea, clouée sur le tapis. Immobile. Devenu tribun face à son auditoire, Frédéric se lança dans une sorte de litanie impitoyable sur la musique de Prince, qu'il opposait d'ailleurs facilement au jazz. Au hasard, il prit un CD dans la discothèque – un Chet Baker – et le brandit comme la Bible à tous ceux qui s'étaient rassemblés dans le salon une nouvelle fois pour l'écouter, amusés, c'est-à-dire tous les invités au complet. Certains, les yeux exorbités, se goinfraient de petits fours.

Était-ce l'effet du champagne ou la voix quasi hypnotique de Frédéric, va savoir ? En tout cas, son discours semblait captiver l'assistance, à outrance.

À outrance, vraiment ! Il n'y avait pas de quoi en faire la une du journal de France 3 ; le discours de Frédéric était assez scolaire et lui rappelait justement ses débats interminables à l'époque du lycée, quand chacun dissertait sur le nouveau disque de Neil Young, Grateful Dead ou autre Genesis.

Chet Baker était effectivement un grand trompettiste de jazz, mais de là à se mettre dans cet état !

— Et nous allons tous l'écouter religieusement.

C'était une espèce de croisement entre un messie et un gourou, ce Frédéric.

— Oui ! oui ! oui ! écoutons-le ! répondirent les invités.

Ce type avait bien des talents.

Toujours assis à sa place, sans bouger, il assista alors à une scène qu'il pensait avoir déjà vécue : sans doute ce vieux phénomène de réminiscence qui se manifestait encore. Dès le début de *My Funny Valentine*, tous les invités se mirent à rire, à rire et à danser dans une sorte de transe collective. On aurait dit les membres des pseudo-Enfants de Dieu en plein délire ou des derviches tourneurs à la bordelaise. Euphorie étrange qui naissait de la tristesse.

Ils n'allaient quand même pas faire une farandole du genre « À la queue leu leu » sur du Chet Baker et puis, surtout, l'entraîner avec eux !

Le plus étonnant, c'était les deux ou trois invités, et Louise, qu'il connaissait bien, dont le propriétaire du vignoble, qui se livraient eux aussi à cet incongru cérémonial. Tous ces gens-là étaient encore plus atteints qu'il ne le pensait. Il en fut presque inquiet.

Il irait en parler à Louise dès qu'elle aurait achevé son tour de danse psychédélique, dès que le disque serait terminé. Peut-être, après tout, n'était-ce qu'une blague, et il avala coup sur coup deux flûtes de champagne, tout en s'allumant une énième cigarette.

Mais le disque ne se terminait pas, la musique n'en finissait plus.

Tout le monde participait maintenant, sauf lui. Et tout le monde semblait l'ignorer complètement ; on s'ignorait même l'un l'autre, on ne se regardait pas, on s'agitait fébrilement, maladroitement, cloisonné dans son espace mental. Il n'y avait plus que Frédéric, debout sur une chaise, chef d'orchestre ou plutôt marionnettiste, à mener son monde ; quelle fête !

Mais lui aussi, à son tour, semblait gagné par la folie qui avait peu à peu saisi les convives. Un comble. Depuis deux ou trois minutes, ses propres pieds étaient devenus autonomes. Et ils s'étaient mis à battre la mesure : ce qui pour lui relevait de l'exploit, et sur du jazz n'en parlons pas...

C'était la preuve qu'une situation d'hypnose collective s'était installée ce soir-là, dans l'appartement de Louise. Fidèle à sa paranoïa, il en était persuadé. Était-ce la musique de Chet Baker qui provoquait chez les gens de tels agissements ? Envoyait-elle des messages subliminaux ? Était-ce Frédéric qui déclenchait tout ce processus ?

Celui-là, il l'avait à l'œil. Il regardait bouger ses pieds, horrifié, essayant de les arrêter, en vain. Son cerveau ne dirigeait plus ses pieds, ou alors ses pieds, eux, n'obéissaient plus, ne *lui* obéissaient plus. Une angoisse profonde l'envahit, un début de panique, en tout cas.

C'est qu'ils bougeaient vachement bien ses pieds et en mesure, s'il vous plaît. Lui qui ne connaissait rien au jazz et au rythme, c'en était trop. Il vérifia si son cerveau lui répondait, s'il se rappelait, son nom, le téléphone de son analyste. Pour l'instant, ça allait, à part qu'il n'arrivait plus à commander ses membres inférieurs, emporté comme les autres invités dans la frénésie de la musique. Autour de lui, ça continuait, ça dansait, ça rigolait, ça tournait comme des toupies sur son bout de moquette, ça devenait grotesque et ça virait à la messe noire, ou blanche, au choix.

Il en avait des sueurs froides. Dans la maison, l'atmosphère se faisait de plus en plus irrespirable. Brusquement, ce crétin de Frédéric baissa la musique et s'adressa du haut de son siège aux convives.

— Et je propose qu'en hommage à Chet Baker nous jetions par la fenêtre la chaîne hi-fi ainsi que tous ses disques un par un !

Et tous les invités saluèrent avec joie et une salve d'applaudissements l'hommage de Frédéric, et bien sûr tous ignoraient que c'est en se défenestrant quelques années plus tôt que Chet Baker avait choisi de quitter ce monde de tristes imbéciles.

Une envie de vomir le prit soudainement, sans doute le trop-plein de champagne ou le trop-plein d'idioties, il décida d'arrêter les frais…

C'est à ce moment-là qu'il décida de partir. Quand il aperçut Clara ouvrir en grand, une à une, les fenêtres du salon, il accéléra le mouvement, tout en s'efforçant d'être le plus discret possible. Il ne prit pas la peine de saluer son hôtesse, Louise semblait tellement ailleurs qu'elle n'aurait rien compris ou entendu ; l'alcool est un véritable fléau pour la jeunesse, pensa-t-il.

Plus il s'éloignait du salon, plus le brouhaha des convives et de la musique, bizarrement, augmentait. Alors il sortit de l'appartement hâtivement, presque en courant.

Il parvint très vite au pied de l'immeuble, cinq étages plus bas, définitivement à l'abri de cette bouffonnerie. On ne l'y reprendrait plus, plus jamais. Et c'est alors que la scène terrible, la scène terrifiante qu'il n'avait osé imaginer, se produisit. Comme une sentence, la mort, dans une espèce de jovialité déplacée, s'abattit du cinquième étage. Et le sang gicla et les membres se brisèrent en dix mille morceaux.

L'un après l'autre, comme les passagers d'un bateau de croisière en perdition, les invités se jetèrent dans le vide noir et vinrent s'écraser, se déchiqueter, s'exploser, se déchirer trente mètres plus bas, au pied de l'immeuble, sur le trottoir. À ses pieds.

Comme Chet Baker, dix ans plus tôt, à Amsterdam. Un suicide, mais collectif. Tout le monde y passa, y compris le meneur, Frédéric, y compris Louise, la maîtresse de maison, une grande perte certainement pour le tout-Bordeaux.

Avant leur saut mortel, les invités avaient pris avec eux qui leur coupe de champagne, qui leur assiette de petits-fours. Pis, tous, dans leur geste ultime, semblaient s'amuser. Ils riaient, grassement, bruyamment, de bon cœur ; ils se jetaient dans le vide comme on se jette dans une piscine, certains, avant de plonger, s'embrassaient, se touchaient aussi, avec indécence parfois. L'une des Suédoises avec le propriétaire viticole, les deux autres top models entre elles... Clara, au passage, en profita pour peloter les fesses de Paolo-Paola, le photographe, qui se mit à hurler comme une femme violée.

Le concert de voix et de gémissements finit par s'éteindre. Cela n'avait duré que deux ou trois minutes, pas plus. Un par un, les cris étaient interrompus par une sorte de bruit monophonique, un « splash » brutal et liquide, comme celui d'un œuf tombant sur le carrelage de la cuisine.

En deux ou trois minutes, tous ces corps écrasés ne formaient plus sur le trottoir qu'un immense steak tartare sanguinolent, assaisonné de CD de Chet Baker et autre débris de la chaîne hi-fi.

Frédéric avait été pratiquement le dernier à sauter. Jusqu'au dernier moment, le « meneur tueur » serra dans ses bras et dans sa chute fatale les haut-parleurs encore branchés sur Chet Baker.

Après, après ce fut le silence, un silence froid et glacial, comme l'hiver.

Il regarda un peu dégoûté encore une fois les traces sanguinolentes du carnage, se disant que la vie avait bien peu de sens, et qu'on était bien peu de chose. Cet amoncellement de cadavres disloqués, d'os brisés et de chairs ouvertes encore chaudes, baignant dans le sang, lui soulevait le cœur. Il partit dans la nuit noire, à pas lents, vers sa voiture garée au bout de la rue.

La ville était calme et triste comme une ville de province un jour de semaine en novembre à deux heures du matin. Il mit un peu de temps à s'installer dans sa voiture, il chercha dans la boîte à gants sa boîte de Spasfon, il en prit deux comprimés qu'il glissa sous la langue ; il avait effectivement un peu la nausée et d'horribles brûlures d'estomac, franchement il y avait mieux comme champagne.

« Je n'aurais jamais dû boire autant, se disait-il, ni manger autant de conneries, ça ne me réussit jamais. »

En démarrant il composa son numéro sur son télé-phone portable. Il y eut deux sonneries, puis il entendit la voix de sa femme endormie. Elle lui demanda pour-quoi il appelait si tard, pourquoi il la réveillait. Il avait juste envie d'écouter sa voix. Elle se plaignit de nouveau qu'il l'ait réveillée, qu'il exagérait même.

Alors il s'excusa, lui dit qu'il arrivait. Et, comme une confidence, en chuchotant, un peu inquiet, il lui demanda s'il y avait chez eux des disques de Chet Baker...

Elle lui raccrocha au nez.

SUICIDAL TENDENCIES

*« Dieu tout puissant, nous pourrions
avoir une vie terrible ! »*
(J.D. Salinger)

Bonjour ! Je m'appelle Julien. Hier, j'ai eu dix-sept ans et aujourd'hui j'ai piqué le pistolet à grenaille de mon père. Je crois que j'ai une mauvaise nouvelle pour vous, pour moi aussi d'ailleurs.

Si là je m'adresse à vous, c'est parce que ce que je vais faire… ça va faire du bruit, je vous préviens.

Voilà. Tout à l'heure, en rentrant du lycée, je me tuerai… On appelle ça un suicide. Je vais mettre le revolver dans ma bouche et je vais tirer : « blam ! », j'appuierai sur la gâchette juste une fois et cela suffira… enfin, j'espère.

Avant, j'écrirai à ma mère et à mon père et puis aussi à Charlotte, ma fiancée du moment : pour m'excuser. C'est qu'ils n'y sont pour rien les pauvres ! Mais bon, c'est comme ça, voilà !

Je leur dirai pourquoi je me suis tiré dessus, pourquoi j'ai décidé de quitter la terre. Déjà, l'année dernière, je voulais avaler toute la boîte de Lexomyl de ma mère ; mais à cette époque j'ai été un peu lâche, je ne suis pas allé jusqu'au bout. Et puis moi, je veux une mort violente, avec du sang partout, de la défiguration ; avec les cachets chimiques, c'était un peu faible comme spectacle.

Quitte à mourir, autant vraiment marquer le coup, non ? Faut que ça se voie. Ma mort, je la veux sanglante, avec du rouge sur les murs, sur la moquette de ma chambre, sur mes vêtements. Faut que ça soit sale !

Je ne veux pas que ce soit beau, et surtout quand on me retrouvera, je veux que ma mort laisse un mauvais souvenir, un très mauvais souvenir à tous ceux qui me connaissent. Comme ça, quand ils se rappelleront de moi, il y aura toujours deux images en eux : celle d'un jeune mec de dix-sept ans, mignon et intelligent (il paraît), et celle de son corps par terre, la tête éclatée en dix mille morceaux dans sa chambre (un CD de Marilyn Manson en boucle).

Mon suicide à moi, c'est le monde d'aujourd'hui tel qu'il est avec le bien et le mal, le sale et le beau, le beau et le moche, sauf que le bien, il n'est pas assez fin pour réussir à niquer le mal… Tout le problème est là.

Peut-être même que, par mon acte, j'arriverai à faire changer cet état de fait, comme les bouddhistes au Viêt-nam qui se brûlaient vifs sur les places publiques.

M'enfin, j'y crois pas trop, faut pas voler plus haut que son cul quand même !

Attention ! c'est dur, vachement dur à dix-sept ans de décider de se tuer, d'arrêter sa vie, comme ça, hop, par un coup de feu. C'est pas aussi facile que ça, et c'est triste et pathétique à la fois… pour moi et pour tous ceux qui resteront et qui m'aimaient, à l'imparfait et au futur. C'est triste à hurler, à se taper les poings sur un mur de béton. Se faire sauter la gueule comme ça, par un bel après-midi de printemps, je ne le souhaite à personne. Il n'y en a pas beaucoup qui le feraient, on est tous pas très courageux, n'est-ce pas ? Ben moi, je le suis, voilà, et je l'affirme en plus, il faut me comprendre. De l'indulgence quand même. Je saurai rester digne, jusqu'au bout, comme un condamné à mort innocent, je saurai me sacrifier dans l'honneur.

Et les raisons me direz-vous, il faut bien des raisons pour se suicider, non ? Eh bien, y a pas de problèmes, les voilà les raisons.

Tiens, par exemple, déjà qu'on est dix fois trop nombreux sur la Terre, qu'on n'arrive pas à nourrir tout le monde, dès qu'il y a une naissance dans une famille, dès qu'un bébé joue dans un square, vous êtes tous là à dire et à répéter : oh ! qu'il est mignon... qu'il est merveilleux et gnagnagna...

Mais dans dix ans il sera peut-être mort de faim ou de maladie ou de catastrophe naturelle ou encore d'accident. C'est vrai quoi ! Qu'est-ce qui vous intéresse au fond ? L'instant présent ? Et l'avenir alors ? Qu'est-ce que vous avez dans la tête : vos prochaines vacances, les programmes télé de la semaine prochaine, la crise économique... évidemment, et puis bien sûr, de me gonfler sur le travail au lycée et le chômage, et le monde ne t'attendra pas et gnagnagna... Putain quel futur !

Mais est-ce que vous savez seulement que de toute façon on est tous programmés pour mourir. C'est qu'une histoire de chromosomes. Grâce à vos dons pour le téléthon, merci Sérillon ! Maintenant on sait tout ça. Il y a des gens qui ont les bons chromosomes et qui vivront, si tout va bien, très vieux. Il y en a d'autres qui ont les pourris et qui crèveront à quarante ans, voire à cinquante ou soixante ans au mieux, si c'est pas carrément plus jeune encore. C'est pas vachement injuste ça ? On appelle ça l'horloge génétique. Eh bien moi, je ne suis pas d'accord, je suis archi-contre, même notre mort elle est truquée.

Remarque, c'est comme notre naissance, on a du bol d'être né en France, par contre pour ceux qui sont nés au Rwanda... ! ou même en Algérie !... euh...

De toute façon, terminer ma vie comme une vieille chaussette qui pue, en bouffant de la bouillie et en me faisant pipi dessus, langer et talquer les fesses par une infirmière, ça ne m'intéresse pas. C'est trop la honte ! Et puis savoir qu'on ne sait plus comment on s'appelle, que l'on ne reconnaît même plus ses enfants – un peu comme si on avait pris du LSD, à soixante-dix ans –, c'est pas terrible, pas très décent comme fin de vie.

Bon ! Mais malheureusement il n'y a pas que ça. Vous en voulez encore sur la mort ? Ça ne vous suffit pas ? J'ai tout lu là-dessus, de toute façon.

Par exemple la putréfaction : putain ! mais moi je veux qu'on me brûle. Au moins mon corps, une fois mort, ne gonflera pas par ses propres gaz, n'explosera pas dans le cercueil et surtout ne se fera pas bouffer par ses propres vers... ouais ! ses propres vers...

Avec la mort j'ai toujours eu un rapport délicat, comme les Japonais. En plus, quand j'étais petit et que j'allais à la mer, j'avais une trouille bleue des raz de marée. On allait souvent à Ostende, la mer du Nord, plate comme une planche à dessin. Eh bien dans mon lit, la nuit, en entendant le bruit des vagues, j'étais tétanisé. J'imaginais une vague monstrueuse qui brisait les fenêtres de ma chambre, s'engouffrait dans la maison et emportait tout, noyait tout, même mon lit avec moi dedans.

C'était la même chose à la montagne avec les avalanches, ou alors quand il neigeait ; je me disais que ça ne s'arrêterait jamais et qu'on allait tous mourir étouffés par les flocons, ensevelis vivants... Et je ne vous parle même pas de la campagne, des ruptures de barrages, des tremblements de terre et des chutes de météorites.

Eh bien nous y voilà, contre les éléments, on ne peut strictement rien, nous sommes des petits pions, balayés d'un coup sec, d'une main, quand le jeu est terminé, que l'on a perdu et que l'on est très énervé. Tout ça c'est tout normal, cela s'appelle même des catastrophes naturelles et cela arrive tous les jours.

Et je ne vous parle même pas de l'univers et des comètes qui se rentrent dedans à coups de milliards de fois la puissance de la bombe H, et qui nous envoient parfois leurs jouets, en poussières grosses comme un Airbus... Ni même du soleil qui un jour, c'est sûr, s'éteindra comme une bougie, qui en avait marre de cramer tout seul et de chauffer tous ces cons à l'œil.

Dans l'espace, la Terre, c'est un microbe de zut perdu au milieu de rien, il n'y a pas de début, il n'y a pas de fin… il n'y a rien, qu'un trou noir et des microbes… C'est pas un peu bizarre, ça ?

Bon, et après tout ça il y a le pire… moi, nous, les humains, la « folie des hommes »… Moi, si j'arrivais aujourd'hui sur la Terre comme Martien, en touriste, et que l'on me dise que chaque pays a de quoi faire sauter la planète dix mille fois en appuyant sur un bouton, qu'un président chef d'État de l'Est qui a ce pouvoir dingue est bourré en permanence, à la vodka en plus… je retourne sur Mars aussitôt, et je prends même pas de photos.

L'année dernière, le jour de la rentrée, le pire, j'avais pensé me barrer à l'autre bout de la Terre, sur une île déserte, les Fidji par exemple… Eh bien, on m'a dit que d'ici à dix ans, avec le réchauffement de la planète, la couche d'ozone et toute la merde, eh ben la plupart de ces petits paradis seraient recouverts par les eaux des glaciers qui fondent à vue d'œil. Les raz de marée étaient revenus ! CQFD, c'est mathématique et logique. Comme une spirale où petit à petit toutes les peurs de mon enfance vont peut-être arriver à se concrétiser.

L'angoisse…

Mais tout ça encore, ce n'est qu'anecdotique comparé à tous les autres problèmes. En fait, je vais vous dire, pour moi et pour nous les jeunes, le monde il est trop brusque. Il n'est pas sans pitié, il est trop brusque. La pitié c'est pour les animaux, les chiens ou les singes de laboratoire à qui on a refilé le virus de l'hépatite ou du HIV.

Le monde il est brusque et injuste. La pitié c'est pas pour les humains ou alors j'ai rien compris à la dignité. L'injustice, c'est tous ceux qui ont chopé cette super-saloperie de sida. À cause d'un chimpanzé et du débile qui se l'est fait. Tous ces mecs et toutes ces filles qui crèvent par centaines derrière les murs des hôpitaux.

Personne ne leur avait dit avant que c'était mortel de baiser, ou de se faire opérer de l'appendicite ; avant, tout ça, c'était la vie...

Et même ceux qui se shootent, c'est pour être bien, délirer un peu, pas pour mourir à l'hôpital avec des tuyaux partout, et crever comme des chiens. C'est vrai quoi ! Baiser ou faire l'amour, comme vous voudrez, entre filles, entre garçons, ensemble, c'était notre seul et unique espace de liberté qui nous restait à nous... les jeunes. On n'avait pas besoin de demander la permission à nos parents, ni à personne d'autre, et en plus c'était gratuit.

Soit on vivait le grand amour et là, « boum », on faisait ça pour la première fois en cachette dans une salle de bains, comme avec Lili, ma première fiancée, et c'était vachement bien. Soit on baisait par plaisir, avec qui on voulait, juste pour délirer et s'amuser. La liberté totale quoi, la seule, et pas de contrôle de flics ou autres conneries...

Et là « blam ! » la descente.

Maintenant, faut acheter des préservatifs, si on ose, faut demander ingénieusement à sa partenaire avant, faut essayer de se le mettre avant, sans éjaculer avant. Enfin, c'est foutu quoi !

Quand je baisais avec Charlotte, ma fiancée du moment, on se préservait de rien, de haut en bas et de bas en haut. Avec ce qu'on a vu à la télé, tous ces malades maigres comme des baguettes chinoises... on baise plus.

On a bien essayé juste une fois avec une capote, ça s'est terminé « trop vite ».

Alors on est allé tous les deux se faire un test anonyme et gratuit avec en bonus l'infirmière qui te dit en guise d'au revoir : « Voilà, en espérant que toute aille bien. » Merci m'dame j'espère aussi, pauvre conne.

On a attendu cinq jours à préparer notre testament, heureusement le test était négatif. Seulement, après, on nous a expliqué qu'il fallait revenir dans six mois en faire un autre parce que le virus, il se cache très long-temps dans le sang... et gnagnagna...

Alors on ne baise plus.

On se touche tout habillés, en s'embrassant très fort comme si on faisait l'amour pour de vrai. C'est bon quand même mais là, on nous a dit qu'on risquait aussi d'attraper une hépatite B, par la salive...

Alors on s'embrasse plus, faut qu'on aille se faire vacciner. Le grand amour quoi !

Bref, avant le sida, sortir ensemble, baiser, c'était notre truc à nous, nos secrets et nos mystères perso... comme nos groupes de rock qui ne plaisaient pas à nos parents.

Et maintenant, c'est foutu. En plus, avant ce virus, on avait, Charlotte et moi, vachement confiance entre nous et là, en ce moment je la regarde de travers. Et si jamais elle allait baiser ailleurs, avec un autre mec, et qu'il a le sida ou l'hépatite B ou C et qu'elle ne se pro-tège pas et qu'elle ne me le dise pas... c'est, ce serait dégueulasse, monstrueux.

Bon, ça pourrait m'arriver aussi hein ! faut être juste.

Parce qu'il y a des filles parfois qui m'attirent et la capote, ça me bloque... On peut même plus se tromper en douce... on peut même plus mentir non plus, ça serait un crime.

Et puis si j'embrassais une fille, juste un soir, ça ne serait pas tromper Charlotte mais si cette fille avait l'hépatite B, je la refilerais à Charlotte qui n'a rien demandé à personne, et moi non plus d'ailleurs.

Je vous le répète, c'est vraiment foutu.

Tout ça, c'est trop brusque pour moi.

Le monde, il est vraiment cruel.

En fait, on nous demande à notre âge de réagir comme des adultes, de faire attention comme des adultes et de réfléchir comme des adultes. À dix-sept ans ; alors qu'on n'est même pas finis.

Mais j'en ai rien à foutre moi, de penser et de faire comme les adultes. Quand je vois mes parents qui sont séparés depuis plus de dix ans et qui se déchirent toujours à coups d'avocats, la collection de timbres, ça me fait vomir, c'est comme dans une cour de récréation.

Quand je vois les députés ou encore des ministres ou chefs d'État se disputer comme des chiens leurs sièges, être dépressifs dès qu'il y a un mauvais sondage, c'est comme à l'école, ce n'est pas plus différent chez nous que chez eux.

Ou encore, quand je vois les conneries à la télé et toutes ces « pseudo-stars » qui pâlissent à vue d'écran quand leur audimat se casse la gueule, qui se renvoient la balle et se font virer pour un point en moins... C'est pitoyable.

C'est comme le binoclard de service dans ma classe qui se trouve mal quand il n'a pas décroché un 18 sur 20 en philo. C'est nul !

Alors c'est ça, on nous demande d'être des adultes avant l'heure pour penser et rejoindre un monde de gamins et de tarés encore moins évolués que les sixièmes !

Faut quand même pas déconner, non !

Bon, c'est vrai, vous me répondrez qu'il n'y a pas que ça sur la planète, qu'elle regorge de gens intéressants et géniaux, qu'il y a d'autres pays, d'autres paysages magnifiques sur la terre ou sur l'eau et même dans l'eau. Moi, je suis désolé, j'ai déjà tout vu à la télé avec le commandant Cousteau et Nicolas Hulot. Ils nous ont déjà tout montré, la planète de fond en comble, de long en large et en couleurs, en plus.

Bien sûr, il reste quand même des livres géniaux à découvrir, des poètes, des peintres extraordinaires, Mallarmé, Éluard, Rimbaud... Mais ils sont tous morts et pour la plupart vachement jeunes. Il n'y a pas de mystère... Non, vraiment, il n'y a plus rien qui m'intéresse ; tout stagne, tout est pareil : la paix dans le monde, la littérature, la musique, la politique, il n'y a même plus d'idéaux, que des McDo. La terre entière stagne.

À Bombay ou à Paris, on trouve des taxis et des Pizza-Huts, comme à Moscou ou à Stockholm, des McDo ou des taxis. Tout se ressemble, tout est pareil.

À quoi ça sert alors d'aller se gonfler à visiter. Non ! Aujourd'hui c'est archi-nul, ça ne m'intéresse plus de vivre et de regarder tout ça. C'est con ! hein ? C'est triste surtout pour un garçon comme moi.

Des fois pourtant j'ai envie de plein de choses à la fois... d'aller danser sur les toits de Paris la nuit, de piloter un Airbus ou bien des fusées, mais ça ne m'arrivera jamais, jamais, je ne me fais plus de fausse joie, je ne rêve plus... Le rêve est fini, comme disait je ne sais plus qui. Et puis de toute façon, avant que ça devienne intéressant, par exemple l'exploration spatiale des autres galaxies, je serai déjà trop vieux et rongé par les vers.

Et puis le pire de tout, c'est que j'ai cette putain d'impression de n'être jamais seul à découvrir un truc ou de n'être jamais le seul à m'intéresser à quelque chose. On est toujours nombreux sur le coup à tout apprendre en même temps. C'est la masse qui m'énerve, la trop grande masse de gens qui bouffent et dorment en même temps, qui baisent ou ne baisent plus à la même heure.

Un jour, je me suis posté sur un pont au-dessus du périph et j'ai compté les voitures avec les gens dedans et j'ai compris. Tous ces cons qui boivent, bouffent et chient dans la même ville, c'est pas possible il y aura bientôt plus rien à boire, plus d'eau sur Terre, que de la merde... Voilà pourquoi je retourne dans l'anonymat.

Alors bien sûr, là, vous pouvez me demander : Mais pourquoi ? À cause de quoi tu penses à ça ? T'es barjo ! Tu as un problème, on peut t'aider tu sais..., etc.

Putain ! mais c'est évident, merde ! Vous avez vu où l'on vit, comment on vit tous sur cette Terre, c'est un véritable bordel, une vraie poubelle, une cochonnerie, et qui pue, au sens propre et au sens figuré aussi… non ? Je ne me suicide pas à cause d'une chose mais à cause de plein de choses, bande de cons, va ! Bon, excusez-moi, je m'emporte. Ma mort, elle, n'appartiendra qu'à moi tout seul et je serai encore tout seul dans ma boîte en bois, partant pour les flammes du Paradis. Parce que j'espère bien que s'il existe, j'irai au Paradis… En dix-sept ans d'existence, j'ai justement pas fait grand mal à l'existence.

Et dire que j'aurais pu avoir une vie terrible !

Alors… au revoir monsieur et madame, je vous tire au pistolet ma révérence, je m'en vais et violemment. Comme ça, cela vous fera les pieds !

Putain, en vous parlant comme ça, caché dans les chiottes du lycée, je m'aperçois que je viens de vider toute la bouteille de gin que j'avais achetée ce matin. Je comprends que ç'a déliré un petit peu. Mais attention, je ne suis pas totalement rond hein ? ! je sais me tenir.

Remarque, comme ça, ce sera plus facile d'appuyer sur la gâchette. Remarque aussi, depuis que je vous parle, j'ai l'impression d'avoir moins la haine ; on dirait que ça va mieux.

À ce moment-là, il sortit le revolver de son sac et le pointa vers lui dans sa direction, la direction de sa bouche.

À ce moment-là, il y eut des grands coups de poings de l'autre côté de la porte.

— Julien ! Julien… c'est toi qui es là ?

— Ouais ! Quoi… qui c'est… ?

Toujours le pistolet pointé vers lui.

— C'est moi, c'est Thomas, ça fait une heure qu'on te cherche, qu'est-ce que tu fous ?

— Je réfléchis.

— Réfléchis pas trop. Écoute plutôt ça, c'est génial, mon père nous emmène tous les deux samedi faire notre baptême en parachute. Il s'est arrangé pour tout, les assurances, etc. Putain Julien, ça va être mortel… !

— Oh ! c'est vrai ? Putain c'est cool ! Depuis le temps qu'on attendait ça... Bon, attends-moi dans la cour, j'arrive...

Un peu abruti par le gin, il rangea le pistolet maladroitement dans son sac, et vomit beaucoup. Eh bien, la voilà ma nouvelle mort, dit-il joyeusement, je vais lier à la fois le plaisir et l'horreur, le bien et le mal. Dès que j'aurai sauté de l'avion samedi, je n'ouvrirai pas mon parachute... Ah ! Ah ! et là, je vole et puis « splash » ! écrasé sur la terre... putain, ça va être mortel...

Et il s'endormit comme ça, d'un coup sec.

LE PRÉSIDENT
TOTAL KILLER

« ... Dans quelques instants, le président de la République s'adressera aux Français. »

Le banc-titre orange sur fond noir, illustré par la musique du *Requiem* de Mozart, venait de s'inscrire sur tous les écrans de télévision du pays. Câblée, numérisée, satellisée, aucune chaîne du territoire n'échapperait au discours du Président... Un discours totalement imprévu ce soir-là et, qui plus est, contraire à l'habitude du chef de l'État de la France : voilà au moins trois ans qu'il ne s'était pas adressé à la population en direct... L'affaire s'annonçait grave.

Dans certains milieux autorisés, on s'attendait à un rappel à l'ordre, le Président étant très irrité des résultats du dernier sondage audiométrique : plus de 65 % des Français ignoraient jusqu'à son existence. Mais ce n'étaient là que rumeurs.

Il était plus de 21 heures. L'heure où neuf Français sur dix regardaient la télévision et ses dizaines de programmes, tous plus captivants les uns que les autres. L'heure d'écoute maximale. Il faut dire que l'on pouvait s'offrir chez soi tout ce qu'un cerveau bien constitué n'aurait osé imaginer. Et tout était fait en conséquence, pour que le téléspectateur moyen, en famille, ne quitte pas l'écran bleu des yeux, ne serait-ce qu'un instant.

Tout le produit national brut du pays se calculait et s'accumulait là... devant la télévision. Sponsors, publicités, partenariat, consommation... l'économie du monde se traitait maintenant devant et derrière la télévision. En vrac, sur les vingt-cinq chaînes françaises les plus prisées du moment, ce n'était que : jeux de morts, films en 3 D 16/9 stéréo SSR surround, talk-shows débiles avec animateur débile remplis de couples de lesbiennes obèses désireuses d'adopter de petits chimpanzés et sollicitant l'aide financière du spectateur ; mais encore plus hard... des viols interactifs, le public choisissant lui-même sa victime, ou encore des reportages ultraviolents comme ces caméras cachées dans les plus dangereux pénitenciers du pays.

Et bien sûr, le programme qui, ces dernières semaines, cartonnait le plus : la diffusion en relief de vieux films « snuff » des années 1970, sortes de films pornographiques SM où les acteurs eux-mêmes se trucident pour de vrai. Bref, rien de très moral, mais rien de plus normal pour une soirée télévisée banale, en France comme ailleurs.

Passif, le téléspectateur mondial l'était ; actifs, les programmes TV de la planète entière se ressemblaient et rassemblaient le monde entier autour d'eux.

Enfin presque. En France, une petite partie de la population résistait à l'envahisseur. Et elle résistait ferme à l'invasion totale, cryptée ou non, de la vie par l'image télévisuelle.

Ils n'étaient pas plus de 10 %, ceux qui ne regardaient jamais la télévision ; ceux-là que l'on nommait les irrécupérables, la fameuse « 7e colonne » si chère à la paranoïa aiguë du dernier président de la République. Au début, tous les pouvoirs en place, politique et économique, s'attardèrent avec anxiété sur ce problème.

Mais, après maints examens et expertises, très vite, ces « irrécupérables » n'intéressèrent plus personne, réduits au rang de simple statistique : ces 10 % de marge d'erreur créée par le système informatique général, quand celui-ci livrait une enquête d'opinion.

Ceux qui ne regardaient pas la télé existaient, c'est tout. Ils ne pouvaient d'ailleurs faire autrement. Ils vivaient parfois seuls, parfois regroupés en communautés, et ils étaient si étroitement surveillés par les renseignements nationaux qu'ils ne pouvaient songer à se multiplier. De surcroît, ils n'avaient pas le droit de s'exprimer publiquement. Bref, la société les ignorait comme eux-mêmes ignoraient la société.

Et les irrécupérables, ce soir-là, avaient été récupérés.

Le Président se foutant royalement que son discours leur passe au-dessus de la tête, tous avaient été rassemblés dans tous les coins du pays ; plus exactement parqués dans les grandes surfaces commerciales abandonnées depuis de longues années, depuis la grande mode du télé-achat.

La grande rafle avait commencé juste avant 19 h 30, heure du début de l'écoute maximale ; heure aussi de la fermeture générale des rues et des avenues du sous-sol comme de la surface.

Le Président terminait sa douzième année de règne. Depuis quelque temps, l'usure du pouvoir et la vieillesse – il avait plus de quatre-vingt-quinze ans – affectaient cruellement son visage ; mais aussi les sondages d'opinion.

Il ne devait rester au président que 5 à 6 % de gens satisfaits de son mandat... Les autres... ils regardaient la télévision.

Il faut dire que depuis trois ans, depuis l'arrivée des nouveaux téléviseurs à quatre écrans, le zapping moyen du téléspectateur moyen était passé à quinze secondes par chaîne, au lieu d'une minute auparavant. Une véritable catastrophe économique. Toutes les directions des chaînes rivalisaient d'inventivité pour captiver le spectateur quelques secondes de plus. La surenchère n'avait plus de limite et les informations télé faisaient carrément l'impasse sur les faits et gestes du Président et sur son action politique. Ce qui l'avait prodigieusement énervé. Et personne ne perçut alors l'ampleur du drame qui se joua ce soir-là en France.

Dans le salon bleu de l'Élysée, le feu de cheminée crépitait doucement ; la pendule clignotait sans bruit et indiquait 21 h 03. Le Président, en costume vert, chemise violette et cravate noire, se tenait impeccable derrière son vieux bureau Starck totalement démodé. Il relisait une dernière fois son discours sur le prompteur placé devant la caméra, face à lui. Son allure tellement classique dans ses choix conservateurs du décor et de ses vêtements allait, encore une fois, mal passer à l'antenne. M. de Vertar, la seule personne présente dans la pièce, était son plus proche conseiller. Il était aussi certainement dans la confidence et n'avait pas jugé utile pour le discours de ce soir de changer les habitudes et d'améliorer ainsi l'image du Président. Il était assis derrière l'unique caméra, apparemment très calme, avec trois téléphones mobiles autour de lui, dont un rouge.

Comme la loi le lui permettait, c'était le Président lui-même qui avait décidé d'intervenir au cours de la soirée, ne prévenant les responsables des médias que trente minutes avant le direct et, comme la loi l'autorisait, c'était le Président lui-même et lui seul qui allait techniquement et automatiquement interrompre les programmes et commander le déclenchement de la caméra braquée sur lui, de sa propre régie qui se trouvait sur son bureau.

En appuyant sur le bouton à 21 h 05 très précisément, il ne laissa aucun signe d'émotion effleurer son visage.

À 21 h 06, 88 millions de Français confortablement avachis devant leurs postes de télévision découvrirent l'image du Président.

Il était cadré en plan américain. On apercevait un bout de son bureau et sur sa gauche, en arrière-plan, le feu de cheminée avec au-dessus la pendule et juste à côté, M. de Vertar avait installé la photo encadrée des deux jeunes femmes du Président, de soixante ans ses cadettes...

Tout ce cérémonial paraissait un peu démodé et même assez pathétique... surtout que la tête du chef de l'État, grave, prêtait plutôt à rire dans le paysage audiovisuel actuel assez « destroy ».

Chez les Durmont, toute la petite famille était réunie, comme à l'accoutumée, devant la télévision qui trônait dans le séjour. Il y avait M. Durmont père, Mme Durmont mère, Bootsie le chien et leurs trois enfants : Olivier, l'aîné – il avait quatorze ans –, Sophie, huit ans, et le petit Louis, qui venait tout juste d'avoir quatre ans.

Les trois enfants étaient très excités à l'idée de regarder le nouveau programme de ce soir, imprévu, et que même leurs parents n'avaient pas choisi. Le chien, qui avait senti la joie des enfants, remuait la queue et jappait autour du fauteuil de M. Durmont. Il avait l'air très content.

Mme Durmont mère, dès l'annonce du « show », vers 20 h 30, avait décongelé des dizaines de paquets de chips en prévision. Il allait enfin se passer quelque chose d'intéressant à la télévision. En tant que mère de famille responsable, Mme Durmont avait senti depuis quelque temps une apathie régulière de ses trois enfants, néfaste à ses yeux pour leur éveil intellectuel. Les programmes de télé, l'unique source de culture, ne semblaient plus les intéresser, et cela la travaillait beaucoup. M. Durmont était, lui, comme à son habitude, abruti par la synthèse d'opium qu'il s'envoyait chaque soir dans sa pipe. Et ce soir, comme tous les autres soirs, il ne réagit pas à l'effervescence de son foyer. Mais c'était bientôt l'heure, et il maugréa une petite remarque à son chien qui ne tenait plus en place.

Le Président attendit volontairement quelques secondes avant de prononcer ses premières paroles. Personne ne pouvait lui échapper, il le savait pertinemment, ni par un zapping intempestif ni par une extinction du téléviseur (depuis déjà dix ans, les écrans ne s'éteignaient jamais). Cette nuit en France... toute la population d'un pays regarderait du fond des yeux un seul et unique homme : le Président.

Et il commença son discours.

« Mes très chers amis... C'est en vous regardant dans le fond des yeux, vous tous mes chers compatriotes, que je m'aperçois combien vous m'avez manqué.

C'est en vous regardant du fond des yeux que je me sens solide et heureux... et en moi une pulsion est en train de naître... Oui, une pulsion forte, une pulsion d'amour chaotique et cathodique. J'ai, là, envie de vous, de me jeter contre vous, à vos pieds, de vous enlacer, de vous embrasser, et même... et même de vous...

J'ai envie de pleurer de bonheur à vous voir là, près de moi. Et les larmes me coulent sur le visage, larmes que vous me sécherez ou lécherez... J'ai, cette envie-là en ce moment, une envie plus forte que moi... »

Visiblement, le Président semblait très touché en prononçant cette partie du discours. Des larmes perlèrent sur ses joues. « Ce ne sont que mon cœur et mon sang, que ma chair et mes sens qui me dominent ce soir... et en vous enlaçant, en vous embrassant, je vous l'assure, je vous le jure, ce ne sera pas violent, ce sera beau ; ce ne sera pas vous violer, parce que tout cela sera sincère et réciproque ; je me mettrai à vos pieds, à genoux pour vous déclarer ma flamme... Oui, je vous aime... Je vous aime vraiment d'amour. »

Le Président était effectivement sincère, et ému, mais de là à parler au peuple français comme à l'une de ses maîtresses, il en faisait un peu trop, quand même...

« Et je pleure de joie et de peine parce que je vous aime si fort,... que... que alors l'impossible... l'horrible impossible ne pourra faire autrement, autrement que ce miroir, cet écran entre nous. » Et là, le ton du

Président devint réellement dramatique, malgré le soupçon de délire qui pointait au bout de son nez.

« Et puis, je le sais, vous êtes trop nombreux pour que je puisse vous satisfaire tous… Et puis vous êtes de tous sexes et tous âges confondus, femmes, jeunes filles et garçons, hommes et vieillards. Nos relations d'amour charnel sont hélas ! condamnées à l'échec. »

M. de Vertar, près de ses téléphones, se mit à sortir son ordinateur de poche et semblait soucieux.

« Comme je vous blâme de m'ignorer et de penser à autre chose que l'amour que je vous porte. Oui, hélas ! à mes sentiments nobles vous préférez d'autres spectacles, souvent immoraux ; à la vie que je vous proposais vous ne préférez que la mort des autres… »

Chez les Durmont, l'effervescence autour du programme n'avait pas duré très longtemps. L'excitation était retombée d'un coup, à plat. On ne comprenait pas trop le sens réel du « show ». Le petit Louis demanda à son père pourquoi l'homme qui parlait devant la cheminée était un si mauvais acteur. Sophie le coupa en se plaignant que, acteur ou pas, il n'était pas beau et qu'il jouait mal. Bootsie, dès l'apparition du Président, se mit à aboyer très fort devant l'écran de télévision, était-ce l'instinct animal ? M. Durmont lui asséna un coup de pied sur la gueule pour qu'il se taise, ce que Bootsie fit aussitôt, partant se réfugier sous la table du salon, la queue entre les pattes…

Mme Durmont mère, tout en se goinfrant de chips, pensait que cet homme avait l'air sincère et jouait parfaitement la comédie, même si apparemment il en faisait un peu trop, même si, dans ses lointains souvenirs, elle avait déjà vu ce décor quelque part.

Petit à petit, M. Durmont arrêta de tirer sur sa pipe et sembla sortir de sa léthargie chimique. Il s'intéressait vraiment au « vrai-faux » discours du Président et paraissait moins hypnotisé que d'habitude par l'écran.

Le Président continuait lui en direct de l'Élysée.

« Alors en ce jour dramatique, c'est votre mort à vous tous qui me servira de spectacle personnel. Ce sera mon petit théâtre à moi, celui de la jouissance et du désir que j'avais pour vous et que vous n'aviez pas pour moi ; mais moi seul, par ma propre volonté, j'ai décidé d'y mettre fin... d'oublier cette souffrance. Car moi, président de la XXe République de France, j'ai l'intention ce soir de vous dire au revoir. Oh certes, je ne démissionnerai pas, ce n'est pas non plus une manœuvre de nos actionnaires pour m'écarter du pouvoir, non, rien de tout cela. En tant que chef de l'État et de l'autorité suprême, j'ai hélas ! à vous annoncer une très mauvaise nouvelle, à vous tous qui m'avez élu à cette charge pour quinze ans.

Ma décision est prise et en conscience.

À vous tous qui en famille, tranquillement installés devant moi par écran interposé ; à vous tous, célibataires, fonctionnaires, policiers, marins, aviateurs ; à vous tous petits enfants, fruits de l'amour de la France ; à vous tous enfin, Français et Françaises qui profitez passivement de la vie, je vous annonce que votre dernière heure est arrivée. »

— Pfff..., soupira Mme Durmont en ouvrant un nouveau paquet de chips, ils ne savent vraiment plus quoi inventer.

— C'est quoi notre dernière heure ? demanda le petit Louis. « En vertu des pouvoirs que vous m'avez conférés, je vous condamne tous et toutes à la peine de mort, et sans appel... »

Et c'est alors qu'en quelques secondes le marché mondial de la télévision se mit en marche. Pendant les dernières minutes du discours présidentiel eurent lieu des tractations du genre sordide entre M. de Vertar et toutes les télévisions du monde, notamment les américaines, qui demandaient à retransmettre immédiatement le discours ultime du chef de l'État de la France.

Les négociations allaient bon train et sans aucun doute le programme se vendait bien et cher.

C'était une très bonne affaire pour le Président. Par rapport aux exécutions capitales d'un citoyen lambda maintes et maintes fois diffusées depuis de longues années, l'exécution capitale d'un pays entier faisait ici office d'événement extraordinaire, susceptible d'intéresser les téléspectateurs américains, russes ou japonais. Et surtout les sponsors. L'occasion de faire un audimat planétaire historique, encore mieux que la dernière guerre du Golfe en direct en mai 1999. M. de Vertar proposait même une exclusivité à certaines chaînes, les plus riches : filmer l'événement dans quelques foyers parisiens et ainsi montrer au monde entier les coulisses de l'horreur programmée.

« Pour m'avoir ignoré, pour avoir bafoué l'ordre moral, pour avoir humilié votre père à tous, je vous condamne Vous, peuple de France. »

Peu à peu, la haine se lisait dans les yeux du Président.

« Aujourd'hui je vous condamne au châtiment suprême. »

— Maman, c'est quoi le châtiment suprême ? demanda le petit Louis.

« Dès maintenant, grâce à ce petit bouton posé sur mon bureau, un rayon mortel radioactif, par simple émission hertzienne ou câblée ou satellisée, vous atteindra chez vous, en plein cœur, et vous désintégrera en une fraction de seconde.

Oh certes ! vous ne souffrirez pas et Dieu sait pourtant que vous méritez les flammes de l'enfer éternel.

Ce soir, ce sera mon programme à moi, mon « activity show » personnel, mon programme unique que j'appellerai pour l'Histoire : la punition. Et cette punition, elle est pour vous, peuple de France, indigne de sa représentation nationale. »

À cet instant, nul n'ignorait dans la pièce bleue de l'Élysée la réaction qu'auraient les téléspectateurs français qui, sans aucune exception, pensaient assister à un nouveau jeu inventé par quelque créatif des programmes de télé.

En revanche, quelqu'un avait apparemment compris le vrai sens du discours du Président. C'était M. Durmont père.

— Cette fois-ci, ce n'est pas du bidon, dit-il en regardant sa petite famille et son chien qui s'était endormi.

Il décida de rassurer sa femme et ses enfants en bourrant sa pipe de tout l'opium qui lui restait.

— Ce n'est rien les enfants, c'est encore un test pour un nouveau programme. Ne soyez pas déçus. De toute façon, cette émission est nulle et on le dira demain au sondeur public. Et les trois enfants et Mme Durmont de répondre tous « oui » en chœur.

Le plan du chef de l'État était en fait bien plus machiavélique que digne d'un serial killer. Malgré l'apparence sincère du président faisant un véritable reality show à l'ancienne : « l'homme esseulé délaissé », tout avait été orchestré, prémédité.

Et M. de Vertar continuait, lui, à faire de très bonnes affaires, surtout avec les Américains, et l'argent s'accumulait sur le compte secret du Président. Ce Président maléfique qui, s'étant aperçu depuis quelque temps que ses administrés regardaient plutôt la télévision qu'ils ne travaillaient, et oubliaient le plus souvent de payer leur redevance, que les finances de l'État se trouvaient dans l'extrême rouge et que sa succession n'était pas du tout assurée. Mais aussi et surtout par une sorte de folie schizophrénique, de jalousie égocentrique due certainement à l'abus du pouvoir, ce Président avait eu cette horrible idée d'organiser le meurtre total de ses « sujets » dans une sorte de méga show géant réservant le « scoop » aux télés étrangères les plus riches... Un coup d'État à l'envers, en quelque sorte.

Il faut préciser que la direction mondiale des télévisions n'allait pas rater une occasion pareille de renflouer ses caisses... conséquence due aux programmes TV divers et variés qui coûtaient de plus en plus cher.

Des rumeurs parlaient même d'accords secrets entre le Président et un consortium de TV étrangères sur ce programme extraordinaire.

Il prononça comme dernières paroles juste un « au revoir » et la Marseillaise se fit entendre.

En appuyant sur le bouton qui allait littéralement désintégrer tous les téléspectateurs présents devant leur poste, tous aussi passifs les uns que les autres, comme à l'habitude, pas un seul signe visible d'émotion ne marqua le visage du Président.

Il était 22 h 15 très précisément.

Le Président venait d'exécuter 88 millions de Français.

M. de Vertar raccrochait un à un ses téléphones et demanda au Président de quitter rapidement l'Élysée.

On n'a jamais su réellement ce qu'était devenu le chef de l'État ni sa suite... si ce n'est M. de Vertar, aux dernières nouvelles, qui s'était enfui peu de temps après, avec la caisse et les deux maîtresses du Président qui lui, n'était plus président de rien du tout, puisqu'il avait tué tous ses administrés. Les irrécupérables eux, avaient, semble-t-il, échappé au massacre puisque même ce soir-là, malgré l'obligation qu'ils avaient de le faire, ils ne regardèrent pas la télévision.

En tout cas, filmée par les télévisions américaines, la mort des Français fut, paraît-il, rapide, insoutenable et atroce, et obtint un score record dans tous les pays du monde... même en France.

Chez les Durmont, à part le père défoncé comme un Polonais, ce fut aussi rapide, juste le temps d'un éclair. M. Durmont eut juste le temps de dire : Putain, que c'est beau la vie !

TOUCH GANG !

Elle marchait au milieu du trottoir. Juste devant moi. Ce n'était pas une promeneuse. J'avais les yeux fixés sur son dos. Son dos et ses longs cheveux blonds qui lui tombaient jusqu'aux fesses : elle devait être belle. Elle ne pouvait être que belle. En tout cas elle était grande, très grande. Au moins dix-neuf ans. Elle portait un blouson de daim sur une robe noire, une robe courte, qui s'arrêtait au milieu de ses cuisses et découvrait ses jambes nues. Des jambes pas très fines mais, on peut dire, belles, surtout la peau, une peau parfaite, huilée et bronzée, presque mate, comme les coureurs du Tour de France.

Alors, quant au dessus de ses jambes... mmh !... quant en dessous de sa robe... lalala ! ! !

Je n'étais pas mécontent de mon choix.

Dans la rue, au milieu des passants et des voitures et des magasins, on ne voyait qu'elle ; enfin je ne voyais qu'elle. Je la suivais depuis une bonne demi-heure, et je savais pourquoi. J'avais fait mon choix, j'étais fier et déterminé, et les autres, j'allais les éblouir de mon exploit, et de mon courage aussi, ouaip !... J'attendais juste l'occasion.

La fille était grande, mais, en fait, pas trop, ça devait être l'habitude de la suivre. Ça me rassurait. Et puis elle était pas mariée, c'était pas une dame non plus, vu qu'elle avait pas de sac à main, juste un sac plastique rempli de choses et de machins. Les dames mariées, quand elles marchent dans la rue, elles trimbalent un sac à main ; elles ne sont pas pressées et elles ne regardent pas en l'air comme la fille. Quand elle marchait, sa petite robe se soulevait, comme une petite danse, et remontait un peu plus haut à chaque fois, jusqu'à ses fesses.

Cette fille de dos, là, devant moi, c'était avec elle que je devais le faire, elle et pas une autre, parce qu'aujourd'hui c'était le jour et qu'elle était vachement belle. Je la toucherai, sur ma mère !

Pourtant, j'avais du mal à la suivre. C'était pas qu'elle marchait très vite, mais je devais tricoter dur derrière elle pour ne pas la perdre et je commençais à fatiguer avec mon cartable dans le dos. Il était vachement lourd mon cartable le jeudi. En plus, ça me mettait en retard cette histoire-là et j'allais encore me faire gronder à la maison.

« Vingt-sept minutes à pied, du collège à la maison, pas plus, hein ! » C'était mes parents qui avaient calculé. Et j'avais déjà au moins trois minutes dans le dos. Lalala !... oh et puis zut ! je m'en foutais, moi, ce que je voulais, c'était toucher. Je l'avais promis juré aux autres. Personne ne l'avait fait encore, et moi, je leur avais dit que moi, moi le premier je le ferais, puisque j'étais premier en tout.

Dans mon gang, on est quatre : trois garçons, une fille. La fille, c'est Ophélie. C'est pas la chef parce que c'est une fille, mais c'est elle qui répond tout le temps à nos questions. Elle parle bien, elle parle comme nos profs, elle est vraiment jolie et c'est une tête ! C'est elle qui nous demande toujours de faire des choses, et comme on l'aime, on le fait sans réfléchir. Les deux garçons, eux, ils sont comme moi, petits mais costauds, sauf que moi j'ai des lunettes et que je suis premier en tout. Comme Ophélie. Enfin, eux, ils sont premiers en gym et deuxièmes partout. Moi et Ophélie, en gym, on est pas terribles. Elle, c'est normal, c'est une fille ; moi, c'est à cause de mes lunettes et de la buée sur les verres.

Dans la classe, on est les rois. Personne nous embête, tout le monde nous respecte. Tout le monde nous évite, il faut dire aussi, mais ça je crois que ça vient des parents des autres : ils prétendent qu'il ne faut pas être amis avec nous, parce qu'on pense parfois des choses bizarres, et ça, ça vient des profs.

Et nous, on est satisfaits parce que personne ne peut rien contre nous, vu qu'on est les premiers. Alors on peut penser vachement bizarre, comme ils disent.

Dans la rue, j'étais toujours derrière la fille, consciencieusement. Des fois, quand elle s'arrêtait quelques secondes devant un magasin, je faisais comme dans les films au cinéma, je me planquais derrière une voiture ; et dès qu'elle redémarrait, je repartais aussi sec.

J'avais un peu chaud et ça me grattait sous mes vêtements. Et la buée était revenue sur mes verres de lunettes, ça, ça m'énervait. J'essayais de réfléchir au meilleur moment et au meilleur endroit pour le faire.

Y'avait un hic : je me rappelais plus très bien le plan d'Ophélie ! À l'arrêt, devant un magasin ? Ça me paraissait un peu risqué à cause des reflets dans la vitrine – elle pouvait me voir débouler sur elle par-derrière. En marchant ? Non plus : elle avançait vite, ça diminuait mes chances et sur sa lancée elle aurait sûrement le temps de réagir et de me rattraper. Au feu rouge ? Oui, c'est ça, au feu rouge. La surprise serait totale et comme ça, je pourrais me sauver à l'aise.

Allez ! C'était décidé. Au prochain carrefour, j'y allais. C'était maintenant ou jamais, parce qu'après, à la maison, plus j'allais être en retard et plus ça chaufferait. Et puis j'avais juré promis aux autres. En plus, le plan d'Ophélie me revenait : « Si le feu passe au rouge juste devant elle et qu'elle s'arrête pour laisser passer les voitures, t'y vas ! Tu fonces droit sur elle et tchac ! Tu touches pile dessus », qu'elle m'a dit. Et là, je me sauve. Impossible de me rattraper : un jour j'ai fait troisième au cent mètres à l'école.

Et le feu est passé au rouge !

« Le feu passe au rouge. » Juste devant elle, à un carrefour, et elle s'arrête, et elle regarde les voitures.

Lalala… « Ça y est ! » je me dis.

La fille regardait attentivement vers la gauche, puis vers la droite – pas derrière elle, évidemment. Moi, caché derrière un arbre depuis un bon moment, sans même hésiter, je bondis. Comme Batman. À dix mètres derrière elle, le bras tendu, la main droite en avant, les doigts légèrement écartés. Prêt à toucher, à agripper, à explorer, à découvrir peut-être ce qu'Ophélie et nous aussi on voulait tous faire, pour savoir.

Je fonçais à toute bringue sur elle et mes lunettes sautaient sur mon nez… Cinq mètres, trois mètres, deux mètres. « Ça va vite ! » Ma tête lui arrivait maintenant au milieu du dos, j'avais vachement chaud et ma main, en plein dessus, pile à la limite de sa robe qui se soulevait toujours comme une petite danse, et son truc, son truc a quelques centimètres… Là, la buée sur mes lunettes m'énervait vraiment !

« Tchac ! Bingo ! » Impact et collision, réception et touchage.

Mes doigts et ma main lui touchent le truc, enfin sa culotte, enfin ce qui enveloppe son truc, parce que ma main, elle disparaît complètement sous sa robe. Je sentais des choses, et avec un doigt, ou deux, – je sais plus –, je tâte, comme un fou, le plus profond que je peux, le plus loin que je peux.

Et le feu qui passe au vert ! « Le feu au vert ! » Combien de secondes depuis l'impact ? Une ou deux, pas plus.

Ma main, je la voyais au ralenti, comme dans les films : elle passe sous sa robe, elle touche le truc, enfin j'espère que c'est vraiment son truc, et elle se dégage aussi sec. Ni vu ni connu. Mes yeux ne quittaient plus ma main. Ma main à moi, c'est elle qui avait touché le truc. Pour un peu, j'aurais dit aux autres de la sentir, de la prendre en photo, de la vénérer, de l'honorer comme une reine, cette main.

Après ils me demanderont tout, comment c'était, Ophélie la première : elle voudra tout savoir, et moi je lui dirai très fier qu'apparemment le truc, eh bien c'était mou, c'était chaud, on aurait dit du coton avec un peu de paille par-dessus, et c'est tout ce que je pouvais raconter parce que vraiment ça s'était passé si vite, comme le flash d'une photo.

Après, tous les trois m'éliront numéro un et Ophélie m'embrassera et je serai son mari pour la semaine.

La fille ! Je crois qu'elle a crié, elle a hurlé, même : « Au secours ! » Non, pas « Au secours », mais quelque chose d'approchant, un cri de surprise, je ne sais pas comment dire, comme quand je fais peur à ma petite sœur dans le noir.

Tu parles ! Je comprends qu'elle a été surprise, la fille, elle a dû faire une cabriole d'au moins dix mètres en l'air...

C'est comme ça que j'ai pu passer sous sa robe, voir pile en dessous dans tous les coins, à toute vitesse, puis détaler de toutes mes forces, la tête en avant comme un lapin. Et là, ce qui me faisait rigoler, c'est qu'elle a dû être encore plus soufflée en voyant qui j'étais : un petit garçon avec un cartable dans le dos se tirant comme un fou après lui avoir touché le kiki.

À ce moment-là, j'étais quand même pas très fier. J'avais peur qu'elle me rattrape ou me dénonce à la police. Je rigolais, mais, bon pas trop.

C'est tout ce qui me revient. Ah, si ! Elle était aussi super-belle !

Enfin, c'était moi le premier, le premier à l'avoir fait, à avoir touché ; et maintenant, c'était le tour des autres. Et puis après, on ira tous accompagner Ophélie le faire sur un homme. Mais comme elle sera obligée de le faire de face, on fera diversion tous les trois. Et puis voilà ! Après on comparera les informations, le mou du vrai, le dur du faux, le non du chaud et le oui du froid... Comme le roi du chocolat !

Avant les vacances de février, on a changé de cible. Quand on a commencé à toucher des vieilles dans la rue, on s'est vite fait attraper. Et mes parents, ils m'ont changé d'école, et je n'ai plus eu de nouvelles des autres. Tant mieux parce que moi le truc des vieilles, ça me dégoûtait.

Voilà. J'ai tout dit au docteur, et le docteur, il a tout écouté sans m'interrompre, puis il a retiré ses lunettes : elles étaient tout embuées. Ensuite il m'a dit que pour mon anniversaire – c'est vrai, aujourd'hui j'ai quarante-deux ans –, je pourrai aller jouer dans le jardin et faire des bulles avec ma maman. Je suis très content d'avoir quarante-deux ans, je lui ai répondu, au docteur.

LE TRAIN

Il y a longtemps, un soir, j'ai pris le train de nuit. C'était l'hiver où justement les nuits sont longues.

À cette heure-là, il n'y avait pratiquement personne dans la gare, ni sur le quai. Pratiquement personne non plus à l'intérieur du train ; trois ou quatre voyageurs, guère plus, répartis dans l'unique wagon relié à la locomotive électrique.

J'étais seul dans mon compartiment. Il était bien chauffé, heureusement. Les nuits d'hiver sont tellement froides.

Je me suis endormi très vite malgré la position inconfortable, bercé par le frottement hypnotique des roues sur les rails.

Ça évoquait le battement d'un cœur, sauf que ce cœur battait à trois temps. Takatac, takatac, takatac… ça faisait. Il n'y avait rien de tel pour s'endormir. Malgré l'inconfort.

Ce jour-là, bizarrement, j'avais oublié ma montre. Impossible de me rappeler l'heure du départ ni même comment j'ai réussi à prendre le train à temps à la gare. Dans la nuit, à un moment, je ne sais pas pourquoi, je me suis réveillé en sursaut. J'avais les jambes complètement ankylosées. Le train filait toujours. Dehors c'était toujours le noir absolu des nuits d'hiver. Je n'avais toujours aucune notion du temps. Combien de temps avais-je dormi ? Combien de temps me séparait de la fin de mon voyage ? Je décidai donc de sortir de mon compartiment pour me dégourdir un peu, fumer une cigarette, et trouver quelqu'un pour me donner l'heure.

Le couloir était désert, en tout cas peu éclairé. Tous les compartiments du wagon étaient fermés. Où se trouvaient les autres voyageurs ? J'avais l'impression, étrange, d'être l'unique passager du train.

J'ai marché jusqu'à la locomotive puis jusqu'à l'autre bout du train. Puis je suis revenu sur mes pas en m'installant devant une fenêtre pour allumer une cigarette. La nuit était tellement noire que l'on ne voyait strictement rien à l'extérieur, rien des paysages traversés, pas la moindre petite lueur, aucun signe de vie d'une maison ou d'un village dans le lointain. En fait, je ne voyais que mon reflet sur la vitre et l'humidité qui la recouvrait, la condensation à l'intérieur du train et le froid glacial au-dehors…

Pour passer le temps, je m'amusais à dessiner de petits cercles avec mes doigts. Sans doute allais-je croiser un autre voyageur, si ce n'est le contrôleur.

Mais, hélas ! personne, je commençais à trouver le temps long et je m'ennuyais, tout seul, dans mon couloir, face à la fenêtre. Toujours aucun individu à l'horizon. Je résolus de partir à la rencontre de mes rares compagnons de voyage – ceux que j'avais aperçus monter dans le train avant le départ, à la gare –, dispersés sans doute dans les autres wagons.

Je commençai par ouvrir délicatement le compartiment voisin du mien, mais il était vide. J'ouvris alors le suivant, et là heureusement il était occupé. Il y avait quelqu'un : un prêtre. Il avait les cheveux tout blancs et portait de petites lunettes. Il lisait tranquillement la Bible, assis près de la fenêtre, qu'il avait fermée avec les rideaux rouges. À ses côtés, il avait posé son autre main sur une petite valise de cuir foncé. Il avait gardé sur lui son long manteau noir d'hiver, qui laissait toutefois apparaître son aube par-dessus sa soutane. Je m'adressai à lui en m'excusant de le déranger pendant sa sainte lecture, et lui demandai poliment s'il pouvait me donner l'heure.

Aucune réponse.

Au moment où j'allais lui redemander l'heure, il abandonna son livre et posa sur moi un drôle de regard.

— Mon enfant, me dit-il, je n'aime pas que l'on me dérange pendant mes litanies et, de toute façon, vous avez bien toute la vie pour savoir l'heure, et quand vous arriverez à destination vous le saurez suffisamment tôt, en temps et en heure ; suis-je bien clair ?

Il y avait de quoi être déconcerté par la réaction de ce prêtre. Un membre d'une congrégation monastique, sans doute, ou bien d'un carmel, vivant reclus loin du monde civilisé, ignorant le temps et l'heure. Pourtant, en refermant la porte, quelque chose me troublait.

J'entrai alors dans le compartiment suivant. Malgré l'obscurité, j'aperçus un couple tendrement enlacé. Une jeune fille blonde et un jeune homme, endormis, étaient allongés sur une des banquettes. Étaient-ils en voyage de noces, ou plutôt en fugue amoureuse ? Ils n'avaient aucun bagage avec eux. Ils s'étaient juste recouverts de leurs manteaux pour ne pas avoir froid. En tout cas, je n'osai les réveiller.

Je me retrouvai dans la pénombre du couloir, pas plus avancé que tout à l'heure, avec peut-être l'envie plus forte de savoir à quel moment j'arriverais à destination, contrairement au prêtre, et si je pouvais aller me rendormir tranquillement sans rater mon arrêt.

J'avais vu trois passagers, et si je ne m'étais pas trompé, il ne m'en restait plus qu'un à rencontrer pour me renseigner. Sans compter le contrôleur – qui ne s'était toujours pas manifesté, ni le conducteur de la locomotive, qui était dans un endroit inaccessible pour moi.

Et il ne me restait plus, sauf erreur, que quatre compartiments à visiter.

À ce moment, je perçus un frôlement derrière moi. En me retournant, je me retrouvai face à un petit homme habillé en uniforme de la compagnie des chemins de fer. C'était le contrôleur, surgi de nulle part.

— Ah vous voilà ! me dit-il. Je ne vous ai pas trouvé dans votre compartiment, vous êtes bien M. Daumal ?

Je lui répondis par l'affirmative, bien heureux de pouvoir demander un peu plus d'informations sur mon voyage.

— Ah parfait, parfait, très bien, le compte est bon maintenant, dit-il. Vous avez votre titre de transport ?

— Je suis bien content de vous voir, lui répondis-je. Et en lui présentant mon billet, je le priai de me donner l'heure et lui demandai dans combien de temps nous arriverions à Brive.

Le petit contrôleur partit alors dans un rire sans fin, attrapa mon billet, le déchira et s'éloigna.

Surmontant ma surprise, je me ruai sur lui, dans le couloir, en criant, affolé de voir s'échapper ma seule source de renseignement.

— Non, mais attendez ! attendez ! Donnez-moi l'heure, je vous en prie, dites-moi ce qui se passe, ce n'est pas drôle.

— Mais ne hurlez pas comme ça, me dit-il en s'arrêtant de marcher. Il n'y rien à savoir, jeune homme, rien qui vous intéresse, il n'y a plus d'heure, plus de temps, ce train est parti pour ne jamais s'arrêter, il va rouler toute la nuit, cette nuit qui ne s'arrête jamais. Cela fait maintenant une éternité que vous êtes monté à bord pour le grand voyage de votre vie.

Et il éclata de rire de plus belle, puis disparut soudain sans que je sache comment.

Non, mais il est complètement dingue ce contrôleur, pensai-je. Et je me retrouvai seul, malheureux, à attendre mon heure dans la pénombre du couloir, à ramasser mes petits bouts de billets dans le train de nuit. Cette fois, pas de doute, il se passait quand même quelque chose d'anormal, à moins que le prêtre et l'employé des chemins de fer ne soient tous les deux fêlés, ce qui était toujours possible, par ici.

Déboussolé, je rentrai dans un compartiment au hasard. Je m'écroulai sur une des banquettes et fermai les yeux un moment. Je ne me rendis pas compte, pas tout de suite, que le compartiment était occupé. C'est alors qu'une voix s'éleva. Une vieille dame, assise près de la fenêtre, me regardait. Elle avait au moins quatre-vingts ans. Son visage et ses mains étaient si fripés qu'il n'y avait pas de doute là-dessus.

— Vous aussi vous avez vu le contrôleur ? me demanda-t-elle.

— Oui, je l'ai vu, répondis-je, fatigué. Vous allez où, madame ?

— Moi, mais je ne me rends nulle part, comme vous, le contrôleur ne vous l'a-t-il pas dit ?

— Si, si, répondis-je de plus en plus fatigué, et vous pouvez me donner l'heure, s'il vous plaît, madame ?

— Oh ! mais je suis désolée, monsieur, ma montre s'est hélas ! arrêtée hier et j'ai oublié de la remonter. Voyez-vous, plus je vous parle, là, et plus je trouve que vous ressemblez à mon petit-fils, n'est-ce pas étrange ? Oh ! la la ! Je suis si excitée par ce voyage que je raconte n'importe quoi. J'ai l'impression d'avoir trente ans de moins, pas vous ?

— Au revoir madame, lui répondis-je poliment.

Et je quittai le compartiment.

Dans le couloir, je retrouvai le jeune couple en train de s'embrasser rageusement, quand l'homme m'aperçut.

— Vous voyagez seul ?

— Oui, mais cela ne me dérange pas, lui répondis-je. Je vais justement retrouver mon épouse à Brive, pour les vacances d'hiver, d'ailleurs si vous pouviez me donner l'heure cela m'arrangerait car j'aimerais bien savoir dans combien de temps nous allons arriver, je trouve ce voyage bien long.

— Ah, vous n'étiez pas au courant, comme nous… Remarquez, passé le choc, nous, ce qui nous a rassurés c'est que nous resterons ensemble, que l'on ne sera plus jamais séparés. Pour vous, bien sûr, c'est différent.

La jeune fille me regarda alors avec un visage plein de compassion.

C'est à ce moment-là que j'ai craqué. Je me suis jeté sur le premier signal d'alarme à ma portée. Je l'ai tiré si fort qu'il m'est resté dans les mains. Je me suis mis à fondre en larmes comme un môme. Le contrôleur rapidement prévenu s'adressa au jeune couple qui essayait de me consoler. Il faut prévenir le curé, disait-il, lui seul peut aider ce monsieur, moi je n'ai pas que ça à faire, j'ai mon rapport à terminer avant de profiter du voyage ; pour une fois dans ma vie, je ne vais pas perdre cette occasion.

Et puis le prêtre vint me retrouver.

— Mon fils, je vais vous annoncer une bonne nouvelle, une très bonne nouvelle, enfin une bonne nouvelle pour moi, pour nous tous et peut-être une mauvaise pour vous.

— Je… je ne comprends toujours pas, mon père.

— Ce train ne se rend effectivement nulle part, et le jour ne se lèvera plus non plus, mais le train, lui, continuera d'avancer, vous êtes sur la route mon fils, sur la route. Vous ne vous êtes pas rendu compte ?

— Ben de quoi ?

— Que le train avait déraillé.

— Mais quand ?

— Pendant que vous dormiez, sans doute.

— Et alors ?

— Eh bien, vous êtes mort, nous sommes tous morts ici.

Je le regardai avec des yeux ronds, un peu hagards. C'était le bouquet. Je fus pris d'un tel fou rire que j'en pleurai de plus belle. Je repartis dans le couloir. Je finirai bien par trouver quelqu'un de normal dans ce putain de train. Pour me renseigner.

PSYCHEDELIC
FURS

Un jour, on lui parla de ces deux sœurs d'origine chinoise, âgées de dix-sept ans à peine, exposées comme des monstres à la foire du Trône. On les appelait « les filles-éléphant ». Elles avaient toutes les deux une malformation congénitale, une sorte d'appendice, comme une trompe d'éléphant, mais en peau de lézard, qui leur sortait du nez à son extrémité et qui devait bien mesurer deux mètres de long.

On lui avait bien dit aussi qu'elles étaient très belles malgré leur anomalie, que leur monstruosité ne gâchait en rien leur beauté. En fait, elles s'en servaient comme outils de séduction. Elles l'enroulaient autour de leurs oreilles comme des tresses, et y avaient accroché des diamants et des perles, percé des trous pour suspendre des anneaux d'acajou. De vraies œuvres d'art. Hélas ! pour les besoins du spectacle et malgré leur pudeur, elles étaient obligées de montrer leur trompe et de jouer avec, dans un numéro d'acrobatie un peu pathétique. Car leurs « choses » étaient de véritables trompes dont elles pouvaient commander chaque mouvement.

Après tout, les gens payaient pour voir des femmes-éléphant et il fallait bien leur en donner pour leur argent. Intrigué par cette histoire, par ces deux jeunes sœurs, il décida de se rendre à la foire le plus vite possible.

Et sa vie ordinaire devint bientôt extraordinaire.

De lui, on ne pouvait dire qu'il était laid mais il fallait reconnaître qu'il n'avait pas beaucoup de chance de ce côté-là. En effet, sa peau était partiellement recouverte de duvet blond, presque doré, un peu comme de la fourrure (sans doute à cause d'un accident hormonal) ; heureusement, cela ne se voyait pas et il n'en avait pas sur le visage, juste une touffe étrange et blonde à la place des cheveux. La malchance venait surtout de l'odeur que cette fourrure dégageait, aucun parfum, aucun traitement n'ayant pu en venir à bout. Ça ne sentait pas vraiment mauvais, mais c'était extrêmement désagréable pour qui s'en approchait.

Ses parents l'abandonnèrent très vite, honteux de cette tare, et il apprit ainsi à se débrouiller seul avec son corps et son odeur qui, lui, ne le dérangeait pas. À éviter les pierres que parfois on lui lançait.

Arrivé à l'âge des amours, il ne connut hélas ! que celui des livres ou des films, aucune fille ne se sentant prête à l'accepter avec son manteau doré.

Mais doté d'un naturel optimiste, il était sûr, un jour ou l'autre, de rencontrer quelqu'un prêt comme lui à connaître un monde meilleur.

Quand il les vit pour la première fois, cette nuit-là, sous une tente sinistre de la foire du Trône, il eut comme une révélation. Il tomba amoureux aussitôt.

C'était bien ce qu'on lui avait dit mais en tellement mieux. Jamais de sa courte vie il ne ressentit pareille lumière dans son corps.

C'est vrai qu'elles étaient magnifiques et sublimes de beauté. Elles étaient comme deux déesses orientales, la grâce même.

Elles se dressaient toutes les deux, dos à dos, sur un petit podium tournant, vêtues de robes en satin, celles que l'on trouve à Chinatown. Les robes, fendues, laissaient apercevoir leurs jambes, lisses et superbement dessinées. Leur peau semblait si douce, leurs corps frêles comme des poupées miniatures ; sous les robes on devinait, à leurs formes, qu'elles allaient bientôt devenir des femmes. C'est là qu'il apprit leur nom : celle qui portait la robe rouge s'appelait Nan, celle qui portait la robe noire, Mao. Elles étaient de beauté égale, aussi jolies, aucune ne l'emportant sur l'autre. Il était tombé amoureux des deux sœurs à la fois.

Il fallait les voir, ravissantes et intimidées, la tête penchée, comme punies, leur visage caché derrière de longs cheveux noirs et brillants. Quand le maître des lieux, par un claquement de fouet vulgaire, leur faisait signe de montrer leur chose, elles esquissaient un sourire si attendrissant que le jeune homme en avait les larmes aux yeux.

Comme par enchantement, l'une après l'autre, comme une enfant défait ses tresses avant de se coucher, elles déroulaient leurs trompes de leurs oreilles pour les donner en pâture au public voyeur qui, une fois les choses pendantes, poussait cris d'effroi ou ricanements imbéciles.

Pas un spectateur, bien sûr, ne remarquait la grâce de la parure habillée de mille éclats. Ils étaient venus pour la monstruosité et s'en contentaient.

Nan et Mao, toujours dos à dos, leurs trompes tombantes jusqu'au sol froid, ne bougeaient plus.

Il sentit tout de suite en elles la tristesse, la pauvre tristesse de leur sort.

Il fut le dernier à quitter la tente, bien après que les deux jeunes filles eurent regagné leur roulotte.

Cette nuit-là, il ne dormit pas. Il avait été tellement troublé qu'il décida d'assister à tous les prochains spectacles.

Et le lendemain comme les jours suivants, il était là, près d'elles, à les regarder, à les soutenir comme il le pouvait jusqu'au jour où l'affreux maître le chassa : son odeur dérangeait et faisait fuir ses clients.

Mais entre-temps Nan et Mao s'étaient habituées à sa présence et, au fur et à mesure des spectacles, commencèrent à le trouver séduisant. Un jeune homme blond au milieu de cette assistance, elles ne pouvaient que le remarquer.

Au début ce n'était qu'échanges de regards furtifs, puis très vite des sourires et leurs yeux brillèrent bientôt d'éclairs amoureux.

Comme elles n'avaient ni l'une ni l'autre de nez, elles n'avaient pas non plus d'odorat et son odeur ne les gênait en rien.

Chez les femmes asiatiques, un homme blond déclenche souvent une sorte d'émulsion charnelle parfois dévastatrice. Il allait ainsi devenir le soleil de leur pauvre vie, pour une fois que quelqu'un s'intéressait à elles, mais différemment.

La nuit où il fut interdit de séjour sous la tente, il prit son courage à deux mains et se glissa secrètement dans le village de roulottes où habitaient les forains.

Il mit du temps à trouver l'endroit où les deux sœurs logeaient et, heureusement, personne ne les surveillait. Qui pouvait bien s'intéresser aux filles-éléphant ?

Il gratta doucement à leur porte et le miracle se produisit. Nan apparut et elle lui sourit immédiatement ; sa trompe, enroulée autour de la tête, lui maintenait les cheveux, sans doute pour mieux dormir.

Il passa sa première nuit avec elles, une nuit inoubliable, remplie de sourires timides, de regards amoureux et de discussions sur la vie et leurs espérances communes. Elles aussi tombèrent amoureuses de lui en même temps et cela ne semblait pas du tout les gêner.

Cette nuit-là, ils décidèrent plein de choses et surtout de tout partager à trois, y compris l'amour.

Pour une fois, il avait devant lui des personnes qui ne se bouchaient pas le nez en lui parlant.

C'était la vie, la vraie vie, enfin.

Tout s'enchaîna très vite. Ils décidèrent bientôt de quitter ce lieu qu'elles détestaient et, forcément, lui aussi. Ils trouveraient un endroit où nul n'irait les chercher.

Pour financer leur fugue, il vola de l'argent dans une banque. Ce fut facile grâce à son odeur. Il avait le pouvoir de l'accentuer, tous les employés fuirent devant lui. Il vola aussi un grand camping-car et, après la dernière représentation de Nan et Mao, tard dans la nuit, ils s'échappèrent, en s'emparant aussi de l'argent du maître qui gardait tout pour lui.

Ils vécurent alors les jours les plus merveilleux de leur vie à tous les trois. Ils sillonnèrent les routes de France, puis ils se dirigèrent vers le sud, là où personne ne les trouverait. Et de là ils s'embarqueraient pour une île inhabitée d'Afrique, où parmi les animaux de la jungle ils pourraient vivre ensemble leur nouveau bonheur.

Pour l'instant, ils cheminaient dans le camping-car, s'arrêtant pour dormir sur les parkings d'autoroute. C'est là qu'ils connurent leur première vraie nuit d'amour. C'était leur première fois à tous les trois et ils n'auraient jamais pu imaginer ce que cela représentait de volupté et de jouissance, que leur cœur puisse battre aussi vite.

Personne d'ici, non plus, ne pouvait imaginer cela, trois corps nus se cherchant, se découvrant, la douceur de la fourrure, les multiples caresses à quatre mains, à six parfois, et les trompes se glissant, s'enroulant autour d'eux comme des serpents.

Car les appendices de Nan et de Mao n'étaient pas que de belles choses inertes, c'étaient de véritables muscles, des bras supplémentaires tatoués et habiles, s'emparant des objets ou des corps, serrant avec force ce qu'elles avaient décidé.

Les baisers longs et tendres des trois bouches qui se réunissaient, où les lèvres s'ouvraient humides et chaudes, l'exploration des choses vers le reste…

Tous les trois, enlacés au summum de leur désir, se transformaient en une étrange sculpture que personne n'aurait pu séparer.

Hélas ! le maître en colère ne put supporter d'être ainsi dépossédé et, bientôt, une nuée de policiers se lança à leur recherche.

Entre-temps, Nan, Mao et le garçon à fourrure continuaient de vivre d'amour, voire d'eau fraîche. Ils passaient leur temps à rouler vers la frontière, mais aussi à s'aimer comme des fous. Ils devenaient de plus en plus experts en joutes charnelles à trois et, ainsi, pimentaient leur jouissance d'expériences souvent inédites. Leur passion les emportait dans une autre vie enchantée.

Une nuit, juste avant de quitter le pays, une des filles fut reconnue par l'employé d'une station-service : elle avait totalement oublié de cacher sa chose. Elle avait tellement de bonheur dans la tête...

Très vite, le garçon aperçut dans le rétroviseur les lumières bleues à leur poursuite.

Comme ce n'était pas un gangster, il savait qu'ils ne pourraient leur échapper encore longtemps. Il conduisait bien, mais pas assez vite. Alors, il défonça une barrière et quitta l'autoroute pour se réfugier dans une forêt. Ils comprirent qu'au matin ils ne seraient plus ensemble, qu'il ne leur restait plus que cette nuit, leur dernière nuit. Il n'était pas question de se quitter, ils ne le voulaient pas, jamais, maintenant qu'ils avaient connu un tel bonheur. Comme la première nuit, dans la roulotte, à la foire du Trône, ils parlèrent longtemps, mais ils parlaient là en se tenant les mains très fort. Non, ils ne se quitteraient plus jamais.

La solution, leur libération vers un monde meilleur, vint des trompes, évidemment.

Un peu avant l'aube, juste avant que les commandos de la police n'investissent le camping-car, ils s'enlacèrent. Tous les trois, à pleins bras et surtout à pleines trompes. Celles-ci remontèrent progressivement jusqu'aux cous. La pression des trompes s'accentua. Elles serrèrent, serrèrent, de plus en plus fort. Ils s'étranglèrent, jusqu'à la mort : ils avaient suffisamment de mains, de bras, de trompes pour y parvenir.

Ils quittèrent tous les trois ce monde en même temps et dans une jouissance incroyable, tous les trois en même temps, en s'aidant mutuellement, en s'aimant.

JE N'EMBRASSE PAS

En face du port, ce soir-là, il y aurait les forts. Les costauds seraient là, comme chaque semaine. Derrière le phare, où je me cachais pour les observer, comme chaque fois, je voyais le grand bateau noir avancer lentement vers la lumière. Parfois, je devinais quelques silhouettes sur le pont, ombres fragiles que ma mémoire avait effacées. Passé les remparts, le cargo irait mouiller comme à son habitude vers l'unique quai d'ici. Il serait le seul bateau du mois. Il resterait deux nuits, pas plus. Après, il faudrait attendre, encore et encore.

Une fois à quai, tout se passerait très vite. Délaissant les « bienvenue à terre ! », ils commenceraient leur cirque et beaucoup d'entre nous iraient jouer avec eux. Comment nous voyaient-ils, quand ils débarquaient ici, avaient-ils peur de nous ou, comme tant de marins les aiment, étions-nous pour eux des dauphins ? Le saurais-je un jour ?

Et moi, je continuerais d'observer, attendant celui qui me donnera un signe. Peut-être qu'avec lui on se cachera. Peut-être que lui aussi, pour cette fois, ne dira rien aux autres du bateau. Peut-être que ce serait lui. Et celui-là, je lui donnerais tout. Même, je serais prêt à en avoir envie : lui seul peut me montrer l'ailleurs, et m'éloigner d'ici. Loin de ce néant où j'avais déjà tout appris en si peu d'années. Je savais qu'ici ma vie finirait plus tôt, chargée de regrets.

C'était toujours vers des horizons pernicieux que mon regard m'entraînait.

Jusqu'au bout j'aurai tenu, jusqu'au bout je leur avais dit non. Tout ce qu'ils voulaient, de la chair de passage, des poupées sans vie, de l'éphémère, mais moi, je n'embrasse pas, seulement celui qui m'emportera loin du port, vers le monde des rois. De l'autre côté des vagues, je voulais tant découvrir. Je voulais tant jouir de leurs promesses comme chaque fois. Et passer les tempêtes du cap, connaître ces lieux mystérieux qui m'attiraient encore plus que tous les autres, ceux de l'île. D'après ce qu'on racontait, là-bas, chez eux et ailleurs, il n'y avait pas de mots pour décrire les grandes cités, les ponts et les maisons plus hautes que leur bateau...

Pendant les semaines où ils étaient en mer, ici, tout le monde en rajoutait sur les récits fous et enivrants des marins : et des autobus rouges et des vêtements en or et des milliers de gens partout, qui se croisaient sans s'arrêter, et, la nuit, des lumières plus fortes que le soleil du jour ; à manger, à boire, partout, tous les jours, comme à la plus belle noce du village. Et tout le monde de rêver et de désirer le paradis lointain. Mais, bizarrement, aucun d'entre nous ne semblait prêt à franchir le pas, à quitter le peu qui nous retenait dans l'île. Aucun d'entre nous, sauf moi et mes projets solitaires, confiés dans mon cahier d'écriture, car je savais que, tout seul, je pourrais y arriver plus facilement.

Plus tard, là-bas, je vendrai mes pages, mes histoires, je raconterai tous les voyages du monde que je traverserai. Et chaque mois, le bateau qui s'éloignait m'enlevait un peu de mes espérances, un peu plus de vie.

Mais cette fois-ci, le bateau noir est reparti, et avec moi. Le marin de la nuit, celui du baiser, je l'avais trouvé, enfin. Il m'a caché au fond des cales. Il vient me retrouver souvent pendant le voyage. J'assouvis son désir. Mais je l'ai prévenu, je n'embrasse plus, pas avant d'arriver au royaume des fantômes. Je lui ai promis. Pour l'instant, je ne mange pas très bien, mais il m'a assuré que très bientôt, je n'en croirais pas mes yeux. J'ai hâte, mon Dieu, j'ai hâte...

— C'est tout ce que vous avez trouvé sur lui ? hurla le chef de la police des frontières à ses hommes réunis autour du corps du jeune garçon. Juste ce cahier poisseux ?

L'un des policiers baissa la tête, désolé. Sur le rivage, le jeune garçon était à moitié nu. On venait de le découvrir sur la plage de Sangre, le matin même. On lui donnait à peine seize ans. D'après le médecin, il était mort, noyé, depuis deux ou trois jours. Ici, on n'allait pas plus loin quant à l'origine du décès. Le chef essayait tant bien que mal de déchiffrer les quelques pages d'écriture qui avaient séché au soleil. Mais, décidément, il ne comprendrait jamais rien à cette langue étrange, celle de l'autre côté de l'Océan.

— Allez hop, à la morgue ! Et si, dans une semaine, personne ne le réclame, enterrez-le avec son cahier.

Il le jeta au pied du cadavre.

— Et le mois prochain, comme d'habitude, ouvrez l'œil... hein ! C'est le sixième de l'année. La prochaine fois, on est bon pour un rapport.

Table des matières

8430

Composition
NORD COMPO

Achevé d'imprimer en Slovaquie
par NOVOPRINT
le 30 juin 2010.

1er dépôt légal dans la collection : août 2007.
EAN 9782290003053

ÉDITIONS J'AI LU
87, quai Panhard-et-Levassor, 75013 Paris

Diffusion France et étranger : Flammarion